全国专业技术人员

计算机应用能力考试

系列教材

U0116847

Internet 应用

新大纲专用

全国专业技术人员计算机应用能力考试命题研究组 编著

机械工业出版社

CHINA MACHINE PRESS

本书严格遵循国家人力资源和社会保障部考试中心最新版《全国专业技术人员计算机应用能力考试〈Internet 应用〉考试大纲》，汇集了编者多年来研究命题特点和解题规律的宝贵经验。全书共 9 章，包括 Internet 的接入方式、局域网应用、IE 浏览器的使用、Outlook Express 的使用、FTP 客户端软件的使用、Internet 即时通讯工具的使用、Windows 安全设置、杀毒软件的使用及防火墙的使用。在各章最后提供了与光盘配套的上机练习题及操作提示，供考生上机测试练习。

本书双色印刷，阅读体验好，易读易学，并提供免费的网上和电话专业客服。随书光盘模拟全真考试环境，收入 525 道精编习题和 10 套模拟试卷，全部题目均配有操作提示和答案视频演示，并可免费在线升级题库。

本书适用于参加全国专业技术人员计算机应用能力考试"Internet 应用"科目的考生，也可作为计算机初学者的自学用书和各类院校、培训班的教材使用。

图书在版编目（CIP）数据

Internet 应用：新大纲专用/全国专业技术人员计算机应用能力考试命题研究组编著 . —北京：机械工业出版社，2012.1
全国专业技术人员计算机应用能力考试系列教材
ISBN 978 – 7 – 111 – 36094 – 0

Ⅰ. ①I… Ⅱ. ①全… Ⅲ. ①互联网络 – 资格考试 – 自学参考资料
Ⅳ. ①TP393. 4

中国版本图书馆 CIP 数据核字（2011）第 207538 号

机械工业出版社（北京市百万庄大街 22 号　邮政编码　100037）
责任编辑：孙　业
责任印制：杨　曦

北京双青印刷厂印刷
2012 年 1 月第 1 版 · 第 1 次印刷
184mm × 260mm · 12.5 印张 · 309 千字
0 001 — 4 000 册
标准书号：ISBN 978-7-111-36094-0
　　　　　ISBN 978-7-89433-207-3（光盘）
定价：40.00 元（含 1CD）

前　　言

全国专业技术人员计算机应用能力考试是由国家人力资源和社会保障部在全国范围内面向非计算机专业人员推行的一项考试，考试全部采用实际上机操作的考核形式。考试成绩将作为评聘专业技术职务的条件之一。

由于非计算机专业的考生很难掌握考试重点、难点，加之缺乏上机考试的经验，学习和应试的压力很大，为了帮助广大考生提高应试能力，顺利通过考试，我们精心编写了本书。全书内容紧扣最新考试大纲，重点突出，是考生自学的首选用书。

1. 紧扣最新考试大纲

本书紧扣全国专业技术人员计算机应用能力考试 2010 年最新考试大纲进行编写，在全面覆盖考试大纲知识点的基础上突出重点、难点，帮助考生用最短的复习时间通过考试。

2. 配套上机练习题库

每章都配备上机练习题库，手把手教学，耐心细致地教读者进行下一步操作，并提供题库免费升级服务，帮助读者在不知不觉中学会解题，顺利通过考试。

3. 考点讲解清晰准确

本书详细介绍了最新考试大纲中每个考点的操作方法和操作步骤，叙述准确，通俗易懂。

4. 上机模拟考试

光盘中提供了 10 套上机模拟试题，模拟真实考试系统，避免会做题不会上机、上机就紧张的尴尬，使考生提前熟悉考试环境，练习就像考试，考试就像练习，做到胸有成竹，临场不乱。

参加本书编写的人员有吕岩、张翰峰、李浩岩、王娜、张成、王超、杨梅、尹玲、张晓玲、李文华、王磊、吕超、荆凯、张影、张瑜。

由于时间和水平有限，书中难免有疏漏和不足之处，敬请广大读者和专家批评指正。

最后祝愿广大考生通过考试并取得好成绩！

全国专业技术人员计算机应用能力考试命题研究组

光盘的安装、注册及使用方法

本软件只能注册在一台计算机上，一旦注册将不能更换计算机（包括不能更换该计算机的任何硬件），注册前请仔细确认，并严格按照本说明进行操作。

1. 安装注册

1）用户只能在一台计算机上注册、使用本软件。在安装软件之前，用户需要调整计算机屏幕分辨率为 1024 像素 ×768 像素，值得注意的是索尼计算机用户不能使用本软件。

2）将光盘放入光驱内，打开【我的电脑】，双击光驱所在盘符打开光盘，双击文件名为"软件安装－天宇考王"的红色图标，会自动弹出如图1所示的界面。

图 1　主界面

3）如果是 Windows XP 系统的用户在开始安装软件前，要先单击【安装运行环境】按钮，再单击【安装软件】按钮；如果是 Vista 或 Windows 7 系统的用户则可直接单击【安装软件】按钮，光盘会自动开始运行，打开【安装向导—Internet 应用】对话框，如图2所示。

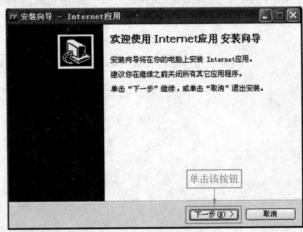

图 2　欢迎界面

4）根据提示单击【下一步】按钮直至安装结束，如图 3 所示；单击【完成】按钮，进入如图 4 所示的提示界面。

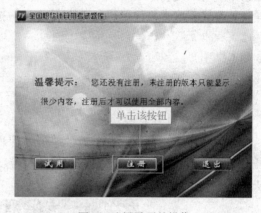

图 3　安装完成　　　　　　　　　　　　　图 4　选择需要的操作

5）单击【注册】按钮打开【注册协议】界面，仔细阅读《用户注册协议》，稍等几秒后会显示【接受】按钮，如图 5 所示；单击该按钮打开【注册】界面，如图 6 所示。

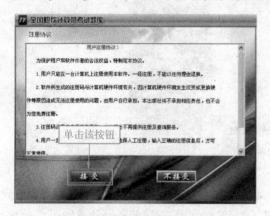

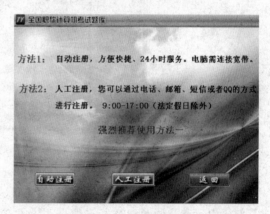

图 5　【注册协议】界面　　　　　　　　　图 6　【注册】界面

6）联网的用户单击【自动注册】按钮，进入如图 7 所示的界面，未联网的用户单击【人工注册】按钮进入如图 8 所示的界面。

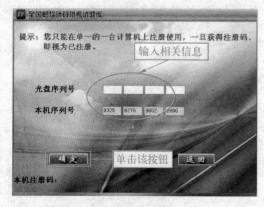

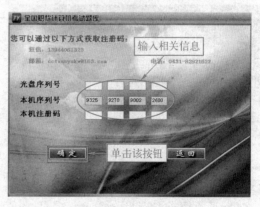

图 7　【自动注册】界面　　　　　　　　　图 8　【人工注册】界面

7）自动注册的用户在相应的界面输入相关信息，光盘序列号见盘袋正面的不干胶标鉴，单击【确定】按钮即可完成软件注册；人工注册的用户根据图8界面中提示的内容选择一种方式获取本机注册码，单击【确定】按钮即可完成注册。

成功注册后，系统会在桌面上自动生成名为"注册信息"的文本文件，内含光盘序列号和本机注册码，请读者妥善保存，以备重新注册本软件时使用（重新注册本软件只能选择"人工注册"方式）。

2. 使用方法

（1）【课程计划】模块

该模块位于光盘界面左上方，单击【课程计划】按钮可查看【课程介绍】，单击其中的任意节课，可在界面右侧预览课程目的、难度、内容、重点及学习建议，如图9所示。该模块帮助考生更好地学习和复习。

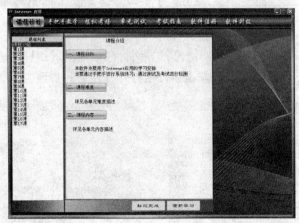

图9 【课程计划】模块

（2）【手把手教学】模块

该模块对考生了解知识的水平及提高考生的知识面有很大的帮助。该模块左侧的【章节列表】显示出每章节的题目及考点综合，单击章节任意题目在其右下方显示各章题目、题数；【章节列表】右侧显示各章知识点的类型题，单击任一类型题在其下方显示各章题目号及题目要求；单击下方【开始练习】按钮切换到所选题目界面，如图10所示。在该界面左侧为软件作者简介和网址，右侧为操作界面，如图11所示。下方各按钮说明如下：

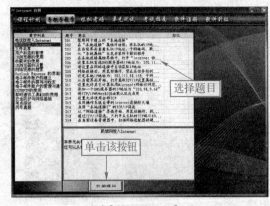

图10 【手把手教学】界面

图11 操作界面

- 【答案提示】：提示帮助信息，提示考生下一步操作。
- 【答案演示】：自动演示答案操作过程，单击【停止播放】按钮可停止自动演示。
- 【标记】：可以设置对已练习的题目进行标注。
- 【上一题】或【下一题】：切换要练习题目。
- 【重做】：重新操作本题。
- 【选题】：切换至题目列表界面，选择需要练习的题目。
- 【返回】：返回至章节列表进行其他章节或模块的操作。

(3)【模拟考场】模块

该模块模仿真实考场环境，单击【模拟考场】按钮显示说明界面，如图 12 所示。在该界面左侧显示了【固定考试】和【随机考试】；右侧显示了【考场说明】以及【操作提示】，单击其下方的【开始考试】按钮即可进入登录界面，如图 13 所示。输入座位号和身份证号，单击【登录】按钮稍等片刻便可进入模拟考场，如图 14 所示。

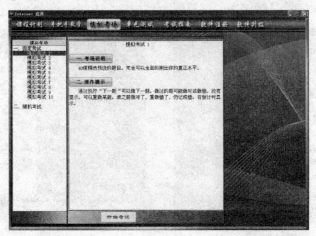

图 12 【模拟考场】界面

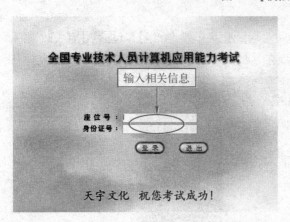

图 13 填写登录信息

图 14 考试界面

在该界面的对话框中显示了一些操作信息，考生可根据实际情况选择需要的操作，完成考题后可单击【考试结束】按钮，系统会自动显示出考生的答题情况，帮助考生了解自己的考试水平，如图 15 所示。

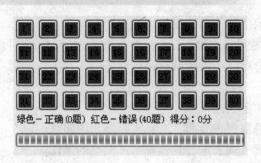

图 15　考试结果显示

（4）【单元测试】模块

该模块左侧【单元列表】显示出每单元的题目及考点综合，右侧显示各单元知识点的类型题，单击任一类型题在其下方显示题目号及题目要求，如图 16 所示。单击下方【开始测试】按钮切换到所选题目操作界面，如图 17 所示。

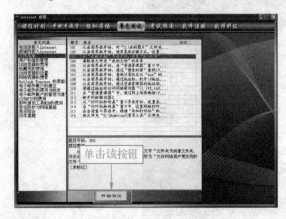

图 16　【单元测试】界面

图 17　【单元测试】练习界面

（5）【考试指南】模块

该模块介绍了考生应了解的考试常识，该模块左侧显示了【考试介绍】，包括：【有关政策简介】、【考试指南】及【答题技巧】，单击任一选项在界面右侧可显示相关内容，如图 18 所示。

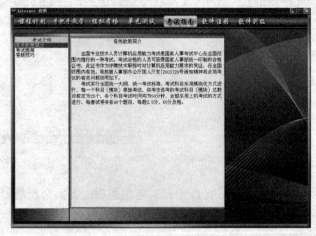

图 18　【考试指南】界面

（6）【软件注册】模块

该模块是注册界面，当用户在图 4 所示的界面中单击【试用】按钮，可试用本软件前几章的题。如果想正式注册，在该界面中单击【软件注册】按钮，具体方法在前面已做了详细介绍。

（7）【软件升级】模块

单击【软件升级】按钮后将弹出【软件升级】提示信息，用户可以单击【确定】按钮使用升级后的新版本，如图 19 所示。

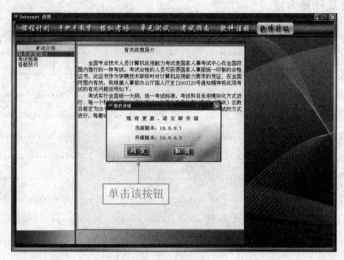

图 19　升级提示

用户如果要关闭软件，可以单击窗口右上方的【关闭】按钮。

我们将及时、准确地为您解答有关光盘安装、注册、使用操作、升级等方面遇到的所有问题。客服热线：0431 – 82921622，QQ：1246741047，短信：13944061323，电子邮箱：cctianyukw@163.com，读者交流 QQ 群：186765239，客服时间：9:00—17:00。

目　　录

第 1 章　Internet的接入方式

Internet 的主要接入方式有两种，即电话网接入和局域网接入。电话网接入是指用户通过调制解调器与电话网相连接入 Internet。局域网接入是指在较小的地理范围内，将有限的通信设备互联起来的计算机通信网络。

本章详细讲解调制解调器的安装及设置、创建拨号连接的方法及设置、局域网的接入。读者可以一边阅读教材一边在配套的光盘上操作练习，效果最佳。

1.1　调制解调器的安装及设置

电话交换网（PSTN，Published Switched Telephone Network）技术是利用 PSTN 通过调制解调器拨号实现用户接入的方式。这种接入方式是大家非常熟悉的一种接入方式，目前最高的速率为 56 Kbit/s，这种速率远远不能够满足宽带多媒体信息的传输需求。但由于电话网非常普及，用户终端设备 Modem 便宜，且不用申请就可开户，只要有计算机，把电话线接入 Modem 就可以直接上网。因此，PSTN 拨号接入方式比较经济，至今仍是网络接入的重要手段之一。随着宽带的发展和普及，这种接入方式将逐渐被淘汰。

1.1.1　安装调制解调器驱动程序

1）在连接好调制解调器后，还需要安装相应的驱动程序，可以通过【电话和调制解调器】和【添加硬件】方法安装调制解调器。

通过【电话和调制解调器】进行安装，具体操作步骤如下。

步骤 1　单击【开始】按钮→【控制面板】命令，打开【控制面板】窗口并切换到分类视图，如图 1-1 所示。

步骤 2　单击【打印机和其它硬件】超链接，打开【打印机和其它硬件】窗口，如图 1-2 所示。

步骤 3　单击【电话和调制解调器选项】超链接，打开【电话和调制解调器选项】对话框，如图 1-3 所示。

步骤 4　单击【调制解调器】选项卡，如图 1-4 所示。单击【添加】按钮，打开【添加硬件向导】的【安装新调制解调器】界面，如图 1-5 所示。

步骤 5　选中【不要检测我的调制解调器：我将从列表中选择】单选钮，单击【下一步】按钮，打开【选择调制解调器型号】界面，如图 1-6 所示。

全国专业技术人员计算机应用能力考试系列教材

Internet应用（新大纲专用）

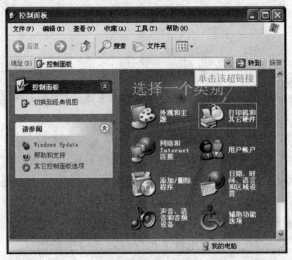

图 1-1 【控制面板】分类视图窗口

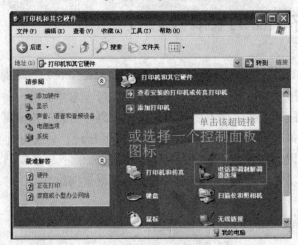

图 1-2 【打印机和其它硬件】窗口

图 1-3 【电话和调制解调器选项】对话框

图 1-4 【调制解调器】选项卡

2

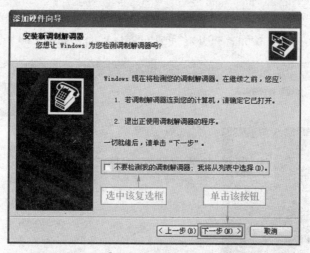

图 1-5 【安装新调制解调器】界面

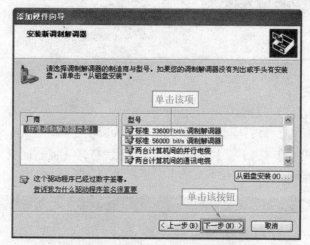

图 1-6 【选择调制解调器型号】界面

步骤 单击【型号】列表框中的【标准 56000 bit/s 调制解调器】，单击【下一步】按钮，打开【选择端口】界面，如图 1-7 所示。

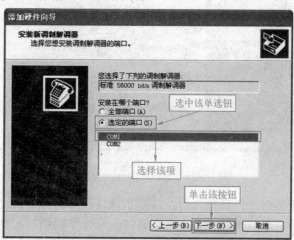

图 1-7 【选择端口】界面

步骤 7 使【安装在哪个端口？】下的【选定的端口】单选钮处于被选中状态，选择【COM1】，单击【下一步】按钮，打开【完成安装】界面，如图1-8所示。

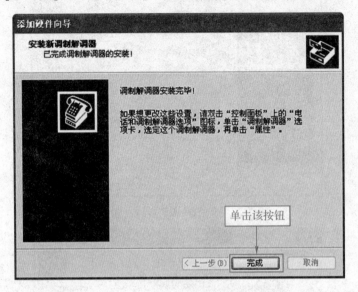

图1-8 【完成安装】界面

步骤 8 单击【完成】按钮。

2）通过【添加硬件】进行安装，具体操作步骤如下。

步骤 1 单击【开始】按钮→【控制面板】命令，打开【控制面板】窗口并切换到经典视图界面，如图1-9所示。

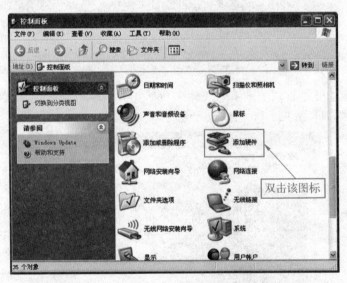

图1-9 【控制面板】经典视图界面

步骤 2 双击【添加硬件】图标，打开【添加硬件向导】对话框，如图1-10所示。

步骤 3 单击【下一步】按钮，系统将自动搜索与计算机相连但尚未安装的硬件，在打开的向导中根据提示选择要安装的驱动程序即可。

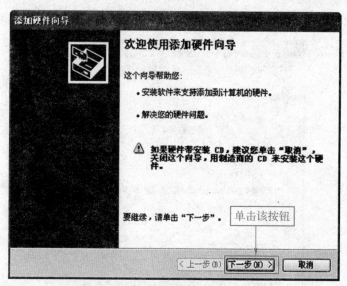

图 1-10 【添加硬件向导】对话框

1.1.2 调制解调器的设置

在安装完调制解调器后，可以对调制解调器进行设置从而达到上网的目的。

1）如果要启用或禁止调制解调器，具体操作步骤如下。

步骤1 单击【开始】按钮→【控制面板】命令，打开【控制面板】窗口并切换到经典视图，如图 1-9 所示。

步骤2 双击【电话和调制解调器选项】图标，打开【电话和调制解调器选项】对话框，单击【调制解调器】选项卡，选中需要设置的调制解调器，如图 1-11 所示。

图 1-11 【电话和调制解调器选项】对话框

步骤3 单击【属性】按钮，打开【标准 56000 bit/s 调制解调器 属性】对话框。单击"设备用法"列表框，在弹出的列表中选择【使用这个设备（启用)】或【不要使用这个设

备（停用）】选项，如图1-12所示。

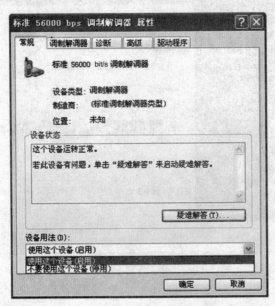

图1-12 【标准56000 bit/s 调制解调器 属性】对话框

步骤2 单击【确定】按钮。

2）如果要设置调制解调器扬声器的音量和端口的连接速度，具体操作步骤如下。

步骤1 打开【标准56000 bit/s 调制解调器 属性】对话框，单击【调制解调器】选项卡，如图1-13所示。

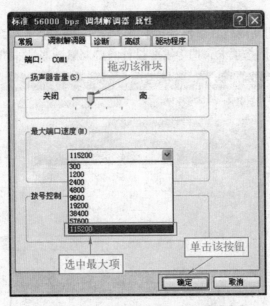

图1-13 【调制解调器】选项卡

步骤2 拖动【扬声器音量】滑块设置【扬声器音量】的大小，单击【最大端口速度】列表框，在弹出的列表中选择最大端口速度。

步骤3 单击【确定】按钮。

1.2　创建拨号连接的方法及设置

在使用 Internet 之前，还必须建立 Internet 连接。否则，即使用户的计算机同 Internet 连接起来，也无法进入 Internet，获取 Internet 上的信息。

1.2.1　创建一个拨号连接

如果要创建拨号连接，具体操作步骤如下。

步骤 1 用鼠标右键单击桌面上的【网上邻居】图标，在弹出的快捷菜单中选择【属性】，打开【网络连接】窗口，如图 1-14 所示。

图 1-14　【网络连接】窗口

步骤 2 单击【创建一个新的连接】超链接，打开【新建连接向导】对话框，如图 1-15 所示。

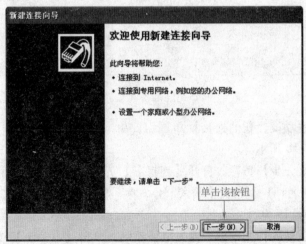

图 1-15　【新建连接向导】对话框

步骤3 单击【下一步】按钮，打开【网络连接类型】界面，如图 1-16 所示。

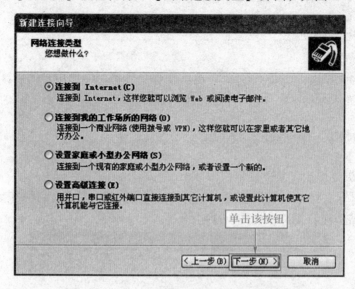

图 1-16 【网络连接类型】界面

步骤4 单击【下一步】按钮，打开【准备好】界面，如图 1-17 所示。

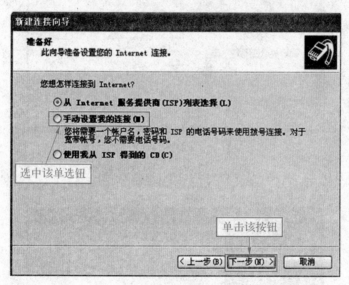

图 1-17 【准备好】界面

步骤5 选中【手动设置我的连接】单选钮，单击【下一步】按钮，打开【Internet 连接】对话框，如图 1-18 所示。

步骤6 单击【下一步】按钮，打开【连接名】界面，如图 1-19 所示。

步骤7 在【ISP 名称】文本框中输入 ISP 名称，单击【下一步】按钮，打开【要拨的电话号码】界面，如图 1-20 所示。

步骤8 在【电话号码】文本框中输入电话号码，单击【下一步】按钮，打开【Internet 账户信息】界面，如图 1-21 所示。

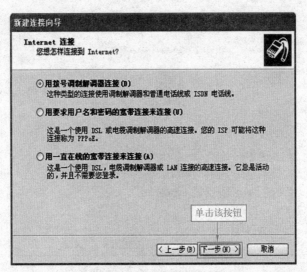

图 1-18 【Internet 连接】界面

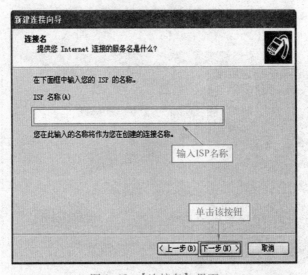

图 1-19 【连接名】界面

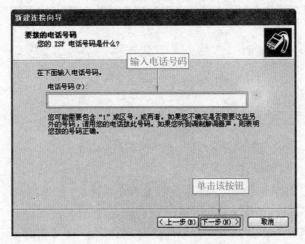

图 1-20 【要拨的电话号码】界面

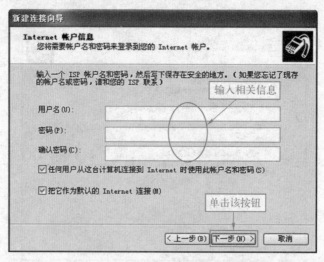

图 1-21 【Internet 账户信息】界面

步骤9 分别在【用户名】、【密码】和【确认密码】文本框中输入对应的信息，单击【下一步】按钮，打开【正在完成新建连接向导】界面，如图 1-22 所示。

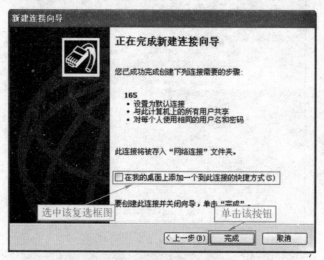

图 1-22 【正在完成新建连接向导】界面

步骤10 选中【在我的桌面上添加一个到此连接的快捷方式】复选框，单击【完成】按钮。

1.2.2 拨号连接的启动

在创建完拨号连接后，需要进行连接，才可以连接网络。

如果要启动连接，具体操作步骤如下。

步骤1 用鼠标右键单击桌面上的【拨号连接】图标，在弹出的快捷菜单中选择【连接】，打开【连接】窗口，如图 1-23 所示。

步骤2 在默认情况下，默认为初始创建的【用户名】和【密码】，单击【拨号】按钮，显示如图 1-24 所示的对话框。

图1-23　【连接】窗口

图1-24　【正在连接】对话框

步骤3 在核对信息完成后，便可以连接网络。

1.2.3　拨号连接的设置

　　拨号连接建立完成后，用户可根据自己的需要对此连接进行设置，满足用户的需要。例如更改连接的名称、禁止或启用防火墙、拨号连接的安全性、设置拨号连接的网络协议，以及允许自己访问别人的共享资源或允许别人访问自己的共享资源等。

　　1）如果要更改拨号连接的名称，具体操作步骤如下。

　　步骤1 用鼠标右键单击桌面上的【网上邻居】图标，在弹出的快捷菜单中单击【属性】按钮，打开【网络连接】窗口。

　　步骤2 单击该拨号连接，单击【文件】菜单→【重命名】命令，在编辑区中输入新的名称，或用鼠标右键单击该拨号连接图标，在弹出的快捷菜单中单击【重命名】命令，在编辑区输入新的名称。

　　2）如果要启用该拨号连接的防火墙，具体操作步骤如下。

　　步骤1 用鼠标右键单击该拨号连接，在弹出的快捷菜单中单击【属性】命令，打开【165属性】对话框，单击【高级】选项卡，如图1-25所示。

步骤2 单击【设置】按钮，打开【Windows 防火墙】对话框。

步骤3 选中【启用（推荐）】单选钮，单击【确定】按钮。

3）如果要对该拨号连接的安全进行设置，具体操作步骤如下。

步骤1 用鼠标右键单击该拨号连接图标，在弹出的快捷菜单中单击【属性】命令，打开【165 属性】对话框，单击【安全】选项卡，如图 1-26 所示。

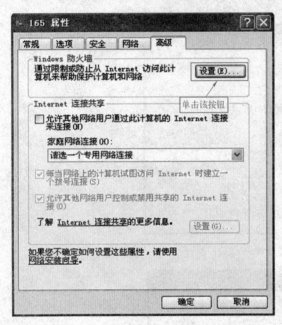

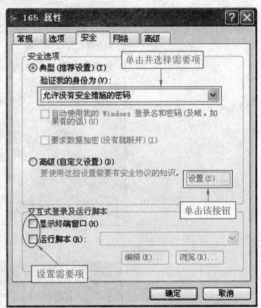

图 1-25 【高级】选项卡   图 1-26 【安全】选项卡

步骤2 单击【验证我的身份为】列表框，在弹出的列表中根据需要进行选择，也可根据需要选中【显示终端窗口】和【运行脚本】复选框。选中【高级（自定义设置）】单选钮，然后单击【设置】按钮，打开【高级安全设置】对话框，如图 1-27 所示。

步骤3 根据实际需要进行设置。

步骤4 单击【确定】按钮。

4）如果要对该拨号连接进行网络设置，具体操作步骤如下。

步骤1 用鼠标右键单击该拨号连接图标，在弹出的快捷菜单中单击【属性】命令，打开【165 属性】对话框，单击【网络】选项卡，如图 1-28 所示。

步骤2 在【此连接使用下列项目】列表框中的各项名称及用途见表 1-1。

表 1-1 【此连接使用下列项目】列表框中的各项名称及说明

名　　称	说　　明
Internet 协议（TCP/IP）	拨号连接所使用的默认协议，只有选中该协议才能进入 Internet
QoS 数据包计划程序	网络连接和数据传输的质量以及效率相关的属性
Microsoft 网络的文件和打印机共享	用来确定是否允许网络上的其他计算机使用本机上的打印机和共享资源
Microsoft 网络客户端	用来确定是否允许本机访问 Microsoft 网络中的资源

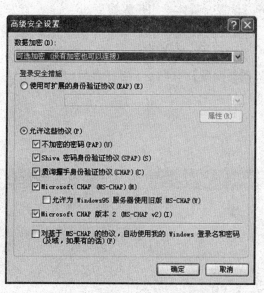

图 1-27 【高级安全设置】对话框

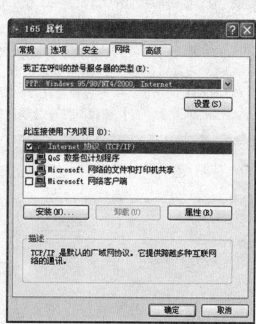

图 1-28 【网络】选项卡

5）对该拨号连接的【拨号选项】和【重拨选项】进行设置，具体操作步骤如下。

步骤 1 用鼠标右键单击该拨号连接图标，在弹出的快捷菜单中单击【属性】命令，打开【165 属性】对话框，单击【选项】选项卡，如图 1-29 所示。

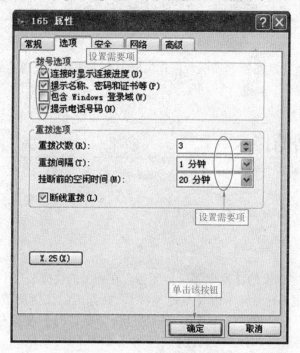

图 1-29 【选项】选项卡

步骤 2 根据需要可选中或取消【拨号选项】区中的选项，对【重拨选项】区中的选项进行手动设置。

步骤 单击【确定】按钮，完成设置。

6）如果要对该拨号连接的【最高速度】进行设置，具体操作步骤如下。

步骤 用鼠标右键单击该拨号连接图标，在弹出的快捷菜单中单击【属性】命令，打开【165 属性】对话框，单击【常规】选项卡，如图 1-30 所示。

步骤 单击【配置】按钮，打开【调制解调器配置】对话框，如图 1-31 所示。

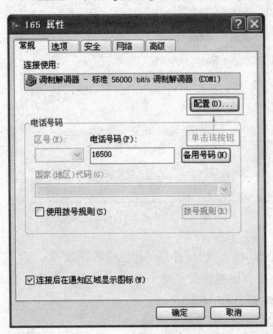

图 1-30　【常规】选项卡

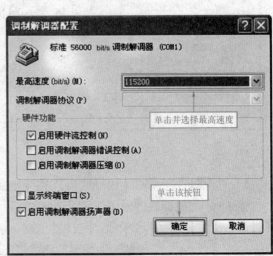

图 1-31　【调制解调器配置】对话框

步骤 单击【最高速度】列表框，在弹出的列表中选择要限制的最高速度。

步骤 单击【确定】按钮。

1.3　局域网的接入

1.3.1　TCP/IP 协议的属性设置

1. IP 与 DNS 的设置

用鼠标右键单击桌面上的【网上邻居】图标，在弹出的快捷菜单中选择【属性】，打开【网络连接】窗口。用鼠标右键单击【本地连接】，在弹出的快捷菜单中选择【属性】，打开【本地连接 属性】对话框。选中【Internet 协议（TCP/IP）】复选框，单击【属性】按钮，打开【Internet 协议（TCP/IP）属性】对话框，如图 1-32 所示。

在【Internet 协议（TCP/IP）属性】对话框中，可以选择【自动获得 IP 地址】单选钮，系统将自动获取 IP 地址。

如果要手动配置 IP 地址，具体操作步骤如下。

步骤 1 在【Internet 协议（TCP/IP）属性】对话框中，选中【使用下面的 IP 地址】单选钮，将显示如图 1-33 所示的界面。

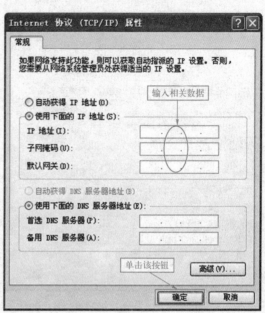

图 1-32　【Internet 协议（TCP/IP）属性】对话框　　　图 1-33　手动配置 IP 地址界面

步骤 2 在【IP 地址】中输入 IP 地址，例如 10.40.9.3；在【子网掩码】中输入子网掩码，例如 255.255.255.0；在【默认网关】中输入网关，例如 10.40.9.1。根据实际情况可以选择是否输入【首选 DNS 服务器】的设置。

步骤 3 单击【确定】按钮，使设置生效。

2. 高级 TCP/IP 的设置

如果要添加或修改另外的 TCP/IP 属性，可以进行高级设置。

在【Internet 协议（TCP/IP）属性】对话框中，单击【高级】按钮，打开【高级 TCP/IP 设置】对话框，如图 1-34 所示。

在【高级 TCP/IP 设置】对话框中，可以进行下列设置。

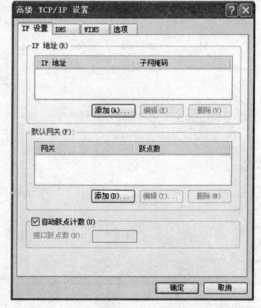

图 1-34　【高级 TCP/IP 设置】对话框

- 【IP 设置】选项卡：可以添加、编辑和删除 IP 地址与网关，如图 1-34 所示。
- 【DNS】选项卡：可以添加、编辑和删除 DNS 服务器地址，如图 1-35 所示。
- 【WINS】选项卡：可以添加、编辑和删除 WINS 地址，启用或禁用 TCP/IP 上的 NetBIOS，如图 1-36 所示。
- 【选项】选项卡：可查看【可选的设置】，如图 1-37 所示。单击【属性】按钮，打开【TCP/IP 筛选】对话框，可根据需要进行设置，如图 1-38 所示。

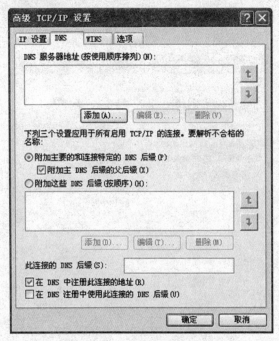

图 1-35 【DNS】选项卡

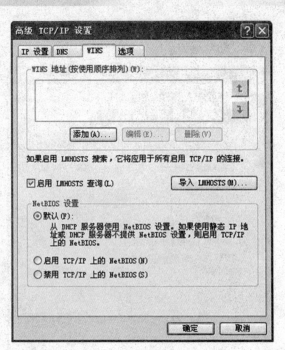

图 1-36 【WINS】选项卡

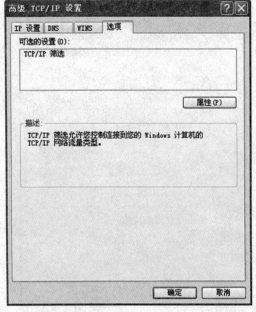

图 1-37 【选项】选项卡

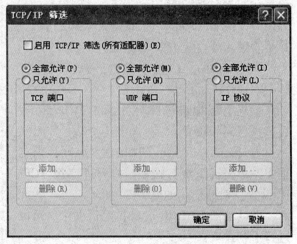

图 1-38 【TCP/IP 筛选】对话框

1.3.2 一线通与 ISDN 接入技术等连接

1. 一线通接入技术

综合业务数字网（ISDN，Integrated Service Digital Network）接入技术俗称【一线通】，它采用数字传输和数字交换技术，将电话、传真、数据、图像等多种业务综合在一个统一的数字网络中进行传输和处理。用户利用一条 ISDN 用户线路，可以在上网的同时拨打电话、收发传真，就像两条电话线一样。ISDN 的极限带宽为 128 Kbit/s，各种测试数据表明，双线上网速度并不能翻番，从发展趋势来看，窄带 ISDN 也不能满足高质量的 VOD 等宽带应用。

2. ADSL 接入技术

非对称数字用户线路（ADSL，Asymmetrical Digital Subscriber Line）是一种能够通过普通电话线提供宽带数据业务的技术，也是目前发展速度极快的一种接入技术。ADSL 素有"网络快车"之美誉，因其下行速率高、频带宽、性能优、安装方便、不需交纳电话费等特点而深受广大用户喜爱，成为继 Modem、ISDN 之后的又一种全新的高效接入方式。ADSL 的最大特点是不需要改造信号传输线路，完全可以利用普通铜质电话线作为传输介质，配上专用的 Modem 即可实现数据高速传输，且不影响电话的使用。ADSL 上行速率可达 1 Mbit/s，下行速率可达 8 Mbit/s，目前家庭宽带上网用户多采用该技术。

3. Cable-Modem

线缆调制解调器（Cable-Modem）是近几年开始试用的一种超高速 Modem，它利用现成的有线电视（CATV）网进行数据传输，是比较成熟的一种技术，通过 Cable-Modem 利用有线电视网访问 Internet 已成为越来越受人们关注的一种高速接入方式。Cable-Modem 连接方式可分为两种：对称速率型和非对称速率型。前者的上行速率和下行速率相同，都在 500 Kbit/s ~ 2 Mbit/s 之间；后者的上行速率在 500 Kbit/s ~ 10 Mbit/s 之间，下行速率为 2 Mbit/s ~ 40 Mbit/s。

4. 小区宽带

小区宽带通常是利用以太网技术，采用"光缆 + 双绞线"的方式对社区进行综合布线。用户家里的计算机通过双绞线跳线接入墙上的模块就可以实现上网。该方式价格较低，充分利用小区局域网的资源优势，为居民提供 10MB 以上的共享带宽，这比现在拨号上网速度快 180 多倍，并可根据用户的需求升级到 100MB 以上。

5. 专线连接

对于某些规模比较大的企业、团体和高等院校，往往有很多员工需要同时访问 Internet，而且经常需要通过 Internet 传递大量的数据。对于这样的一些单位，最好的办法是选用与 Internet 进行专线连接。专线连接可以把企业内部的局域网连接，通过公用数字数据网（DDN）、光纤等多种接入方式专线接入 Internet，并且可以获得固定 IP 地址。

1.4 上机练习

1. 在当前界面上，通过控制面板中"电话和调制解调器选项"安装调制解调器的驱动程序，安装过程中不让系统自动检测调制解调器，安装软件，调制解调器的型号为"标准 2400 bit/s 调制解调器"，选择 COM1 端口，其余默认。

2. 从当前界面开始到"电话和调制解调器的选项"中，将系统中的标准 56000 bit/s 调制解调器删除。

3. 将调制解调器的扬声器的音量关闭，并将调制解调器的最大端口速度设置为 9600。

4. 查看当前调制解调器的工作状态，并停用这个设备。

5. 从当前界面开始，通过控制面板中的"添加硬件"向导安装 Modem 的驱动程序，其中让系统自动搜索安装软件，Modem 的型号为：Intel V92 HaM Data Fax Voice。

6. 在当前控制面板上，打开 Internet 属性相应界面，在"拨号和虚拟专用网络设置"上添加一个拨号连接，所拨电话号码为 13000，将拨号连接的名称设为 gh，用户名为 hh，密码为 333，其余均遵循默认设置。

7. 在 169 拨号连接的属性窗口界面中，设置重播的次数不超过两次，如果系统空闲 10 min，自动挂断拨号连接。

8. 从当前状态设置拨号连接的安全属性为典型的安全选项，验证我的身份为需要有安全措施的密码，在登录时自动使用我的登录名和密码。

9. 从当前界面开始，设置如果当前电话号码不能拨通时自动连接号码 14000，并设置在连接过程中显示连接进度，提示电话号码。

10. 在当前界面中，通过对属性的设置，设置出错重拨的间隙为 1 min。

11. 在"本地连接"属性对话框：将本机的 IP 地址更改为：192.168.0.1。

12. 在当前界面查看本机 IP 地址，子网掩码，默认网关。

13. 在本地连接属性界面中，打开"Internet 协议（TCP/IP）"属性的"常规"设置界面，在该界面上把备用 DNS 修改为：212.110.4.20。

14. 设置在网络连接中自动获取 IP 地址。

15. 网络连接后，用鼠标操作，禁止在任务栏的通知区域右下角显示网络连接图标。

16. 从当前界面开始，打开高级 TCP/IP 设置属性，将"本地连接 2"的默认网关删除。

17. 添加一个 DNS 服务器的 IP 地址为"220.98.9.68"。

18. 启用"本地连接 2"的 TCP/IP 筛选。

19. 将 TCP/IP 的 NetBIOS 由默认改为启用。

上机操作提示（具体操作详见随书光盘中【手把手教学】第 1 章 1~19 题）

1. **步骤1** 双击【电话和调制解调器选项】，打开【电话和调制解调器选项】对话框。

步骤2 单击【调制解调器】选项卡，单击【添加】按钮。

步骤3 选中【不要检测我的调制解调器：我将从列表中选择】复选框，单击【下一步】按钮。

步骤4 单击【型号】列表中的【标准 2400 bit/s 调制解调器】，单击【下一步】按钮。

步骤5 单击【选定的端口】单选钮下的【COM1】，单击【下一步】按钮。

步骤6 单击【完成】按钮。

步骤7 单击【确定】按钮，然后单击工作区空白处。

2. **步骤1** 双击【电话和调制解调器】选项，打开【电话和调制解调器选项】对话框。

步骤2 单击【调制解调器】选项卡，然后单击【调制解调器】列表中的【标准 56000 bit/s 调制解调器】。

步骤3 单击【删除】按钮。

步骤4 单击【是】按钮。

步骤5 单击【确定】按钮，单击工作区空白处。

3. **步骤1** 双击【我的电脑】，打开【我的电脑】窗口。

步骤2 单击【其他位置】下的【控制面板】超链接，打开【控制面板】窗口。

步骤3 双击【电话和调制解调器选项】，打开【电话和调制解调器选项】对话框。

步骤4 单击【调制解调器】选项卡，单击【属性】按钮，打开【标准56000 bit/s 调制解调器 属性】对话框。

步骤5 单击【调制解调器】选项卡，拖曳滑块到【关闭】位置。

步骤6 单击【最大端口速度】列表框，在弹出的列表中选择【9600】。

步骤7 单击【确定】按钮。

步骤8 单击【确定】按钮，单击工作区空白处。

4. **步骤1** 双击【电话和调制解调器选项】，打开【电话和调制解调器选项】对话框。

步骤2 单击【调制解调器】选项卡，然后单击【属性】按钮，打开【标准300 bit/s 调制解调器 属性】对话框。

步骤3 单击【设备用法】下拉框，在弹出的列表中选择【不要使用这个设备（停用）】。

步骤4 单击【确定】按钮。

步骤5 单击【确定】按钮，单击工作区空白处。

5. **步骤1** 单击【添加硬件】，单击【文件】菜单→【打开】命令。

步骤2 单击【下一步】按钮，然后单击【下一步】按钮。

步骤3 单击【已安装的硬件】列表中的【添加新的硬件设备】。

步骤4 单击【下一步】按钮，然后单击【下一步】按钮。

步骤5 单击【调制解调器】，然后单击【下一步】按钮。

步骤6 依次单击【下一步】按钮。

步骤7 单击【厂商】列表中的【Intel Corporation】，然后单击【型号】列表中的【Intel V92 HaM Data Fax Voice】。

步骤8 依次单击【下一步】按钮。

步骤9 单击【完成】按钮，单击工作区空白处。

6. **步骤1** 单击【Internet 选项】，单击【文件】菜单→【打开】命令，打开【Internet 属性】对话框。

步骤2 单击【连接】选项卡，然后单击【添加】按钮，打开【连接类型】界面。

步骤3 单击【下一步】按钮，打开【要拨的电话号码】界面，在【电话号码】文本框中输入"13000"，单击【下一步】按钮。

步骤4 修改【输入此连接的名称】为【gh】，单击【完成】按钮，打开【gh 设置】对话框。

步骤5 在【用户名】文本框中输入"hh"，在【密码】文本框中输入"333"，单击【确定】按钮。

步骤6 单击【确定】按钮，单击工作区空白处。

7. **步骤1** 单击【拨号】下的【gh】，然后单击【文件】菜单→【属性】命令，打开【gh 属性】对话框。

步骤2 单击【选项】选项卡，修改【重播次数】内容为【2】，单击【挂断前的空闲时间】下拉框，在弹出的列表中选择【10 分钟】。

步骤 单击【确定】按钮，单击【工作区】空白处。

8. 步骤 单击【拨号】下的【gh】，然后单击【文件】菜单→【属性】命令，打开【gh 属性】对话框。

步骤 单击【安全】选项卡，选中【典型（推荐设置）】单选钮，单击【验证我的身份为】下拉框，在弹出的列表【需要有安全措施的密码】中选中【自动使用我的 Windows 登录名和密码】复选框。

步骤 单击【确定】按钮，单击工作区内空白处。

9. 步骤 单击【文件】菜单→【属性】命令，打开【gh 属性】对话框。

步骤 单击【备用号码】按钮，打开【备用电话号码】对话框。

步骤 单击【添加】按钮，打开【添加可选的电话号码】对话框。

步骤 在【电话号码】文本框中输入【14000】，单击【确定】按钮。

步骤 选中【如果号码失败，试下一个号码】复选框，单击【确定】按钮。

步骤 单击【选项】选项卡，选中【连接时显示连接进度】复选框，选中【提示电话号码】复选框，单击【确定】按钮，单击工作区空白处。

10. 步骤 单击【属性】按钮，打开【123 属性】对话框。

步骤 单击【选项】选项卡，单击【重播间隔】下拉框，在弹出的列表中选择【1 分钟】。

步骤 单击【确定】按钮。

11. 步骤 单击【本地连接】，单击【文件】菜单→【属性】命令，打开【本地连接属性】对话框。

步骤 单击【此连接使用下列项目】列表框中的【Internet 协议（TCP/IP）】。

步骤 单击【属性】按钮，打开【Internet 协议（TCP/IP）】对话框，修改 IP 地址为：192. 168. 0. 1。

步骤 依次单击【确定】按钮，单击工作区空白处。

12. 步骤 单击【本地连接】，单击【文件】菜单→【状态】命令，打开【本地连接状态】对话框。

步骤 单击【支持】选项卡。

13. 步骤 单击【属性】按钮，打开【本地连接属性】对话框。

步骤 单击【此连接使用下列项目】列表框中的【Internet 协议（TCP/IP）】，单击【属性】按钮，打开【Internet 协议（TCP/IP）属性】对话框。

步骤 修改备用 DNS 服务器为：212. 110. 4. 20。

步骤 依次单击【确定】按钮。

14. 步骤 单击【本地连接】，单击【文件】菜单→【属性】命令，打开【本地连接属性】对话框。

步骤 单击【此连接使用下列项目】列表框中的【Internet 协议（TCP/IP）】，单击【属性】按钮，打开【Internet 协议（TCP/IP）属性】对话框。

步骤 选中【自动获得 IP 地址】单选钮，单击【确定】按钮。

步骤 单击【确定】按钮，单击工作区空白处。

15. 　　　 单击【网上邻居】，用鼠标右键单击【网上邻居】，在弹出的快捷菜单中选择【属性】，打开【网络连接】对话框。

　　　 单击【本地连接】，单击【文件】菜单→【属性】命令，打开【本地连接 属性】对话框。

　　　 取消已选中的【连接后在通知区域显示图标】复选框。

　　　 单击【确定】按钮，单击工作区空白处。

16. 　　　 单击【本地连接2】，单击【文件】菜单→【属性】命令，打开【本地连接2 属性】对话框。

　　　 单击【此连接使用下列项目】列表框中的【Internet 协议（TCP/IP）】，单击【属性】按钮，打开【Internet 协议（TCP/IP）属性】对话框。

　　　 单击【高级】按钮，打开【高级 TCP/IP 设置】对话框。

　　　 单击【默认网关】中的【192.168.8.9】，单击【删除】按钮。

　　　 单击【确定】按钮。

17. 　　　 单击【本地连接2】，单击【文件】菜单→【属性】命令，打开【本地连接2 属性】对话框。

　　　 单击【此连接使用下列项目】列表框中的【Internet 协议（TCP/IP）】，单击【属性】按钮，打开【Internet 协议（TCP/IP）属性】对话框。

　　　 单击【高级】按钮，打开【高级 TCP/IP 设置】对话框。

　　　 单击【DNS】选项卡，单击【添加】按钮，打开【TCP/IP DNS 服务器】对话框。

　　　 在【DNS 服务器】文本框中输入"220.98.9.68"，单击【添加】按钮。

18. 　　　 单击【本地连接2】，单击【文件】菜单→【属性】命令，打开【本地连接2 属性】对话框。

　　　 单击【此连接使用下列项目】列表框中的【Internet 协议（TCP/IP）】，单击【属性】按钮，打开【Internet 协议（TCP/IP）属性】对话框。

　　　 单击【高级】按钮，打开【高级 TCP/IP 设置】对话框。

　　　 单击【选项】选项卡，单击【属性】按钮，打开【TCP/IP 筛选】对话框。

　　　 选中【启用 TCP/IP 筛选（所有适配器）】复选框，单击【确定】按钮。

　　　 单击【确定】按钮。

19. 　　　 单击【本地连接】，单击【文件】菜单→【属性】命令，打开【本地连接 属性】对话框。

　　　 单击【此连接使用下列项目】列表框中的【Internet 协议（TCP/IP）】，单击【属性】按钮，打开【Internet 协议（TCP/IP）属性】对话框。

　　　 单击【高级】按钮，打开【高级 TCP/IP 设置】对话框。

　　　 单击【WINS】选项卡，选中【启用 TCP/IP 上的 NetBIOS】单选钮。

　　　 依次单击【确定】按钮。

第2章 局域网应用

目前局域网的应用已相当广泛。它可以通过数据通信网或专用数据电路，与远方的局域网、数据库或处理中心相连接，构成一个大范围的信息处理系统。局域网是封闭型的，可以由办公室内的两台计算机组成，也可以由一个公司内的上千台计算机组成，可以实现多种资源的共享以及文件管理等。

本章详细讲解局域网技术、安装硬件和软件系统、资源共享、局域网中用户的管理。

2.1 局域网技术概述

在局域网上，经常是在一条传输介质上连有多台计算机，如总线型和环形局域网，大家共享一条传输介质，而一条传输介质在某一时间内只能被一台计算机所使用，那么在某一时刻到底谁能使用或访问传输介质呢？这就需要有一个共同遵守的方法或原则来控制、协调各计算机对传输介质的同时访问，这种方法就是介质访问控制方法。在局域网中常用的传输介质访问方法有：以太方法、令牌方法、FDDI方法、异步传输模式方法等，因此可以把局域网分为以太网（Ethernet）、令牌环网（Token Ring）、FDDI（光纤分布式数据接口）网、ATM网等。

2.1.1 ATM网

ATM网络技术是20世纪90年代初开始发展的，是一种很有特色、有发展前途和应用价值的新型网络技术，它最主要的特点是高带宽和适用于多媒体通信。

2.1.2 以太网

以太网是以载波侦听多路访问/冲突检测（CSMA/CD）方式工作的典型网络。由于以太网的工业标准是由DEC、Intel和Xerox三家公司合作制定的，所以又称为DIX规范。以太网技术发展很快，出现了多种形式的以太网，目前已成为应用最广泛的局域网技术。

传统以太网的数据传输速率为10 Mbit/s，多站点共享总线结构。20世纪90年代初，随着计算机性能的提高及通信量的剧增，传统局域网已经越来越超出了自身的负荷，交换式以太网技术和快速以太网技术应运而生，大大提高了局域网的性能。与共享媒体的局域网拓扑结构相比，网络交换机能显著地增加带宽，而快速以太网的数据传输速率也由传统的

10 Mbit/s提升到 100 Mbit/s。各种各样的应用基于局域网不断展开，而应用对局域网的带宽需求是无止境的。继交换以太网和快速以太网技术以后，业界在 1994 年又提出了千兆位以太网的设想，并且在 1998 年上半年建立了在光纤和短程铜线介质上运行的千兆位以太网技术标准，目前已普及。

2.1.3 无线局域网

伴随着有线网络的广泛应用，以快捷高效、组网灵活为优势的无线网络技术也在飞速发展。无线局域网是计算机网络与无线通信技术相结合的产物。通俗地说，无线局域网（WLAN，Wireless local-area network）就是在不采用传统缆线的同时，提供以太网或者令牌网络的功能。

无线局域网利用电磁波在空气中发送和接收数据，而无须线缆介质。无线局域网的数据传输速率现在已经能够达到 54 Mbit/s，传输距离可远至 20 km 以上，而传输速率高达 320 Mbit/s 的新标准草案也在制订中。无线局域网是对有线联网方式的一种补充和扩展，使网上的计算机具有可移动性，能快速方便地解决使用有线方式不易实现的网络联通问题。与有线网络相比，无线局域网具有安装便捷、使用灵活、经济节约、易于扩展的优点。

无线局域网有多种配置方式，能够根据需要灵活选择。这样，无线局域网就能胜任从只有几个用户的小型局域网到上千用户的大型网络，并且能够提供如漫游（Roaming）等有线网络无法提供的特性。由于无线局域网具有多方面的优点，所以发展十分迅速。在最近几年里，无线局域网已经在医院、商店、工厂、学校、家庭等不适合网络布线的场合得到了广泛应用。

2.2 安装硬件和软件系统

2.2.1 硬件系统的安装

1. 安装网卡
首先确定要联网的计算机有连接所需的以太网接口，目前大多数计算机的主板上都集成了网卡，若没有则须添加独立网卡。现在应用最普遍的是 10/100 M 自适应网卡，插在计算机主板上的插槽内，网卡上的 RJ – 45 接口通过双绞线与其他计算机或交换机相连。

2. 制作双绞线
制作双绞线时需注意几个问题：
- 每根双绞线的长度不能超过 100 m。
- 如果双绞线是连接计算机到交换机的，则两端的水晶头均按 TIA/EIA – 568B 标准制作，俗称直通线。线序如图 2-1 所示。

- 如果双绞线是直接连接两台计算机的，则两端水晶头一端按 TIA/EIA – 568A 标准制作，而另一端按 TIA/EIA – 568B 标准制作，俗称交错线或对错线。TIA/EIA – 568A 标准线序如图 2-2 所示。

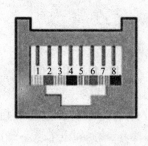

TIA/EIA–568B标准线序:

1	2	3	4	5	6	7	8
橙白	橙	绿白	蓝	蓝白	绿	棕白	棕

图 2-1　TIA/EIA – 568B 标准线序

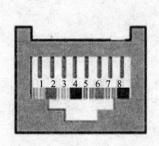

TIA/EIA–568A标准线序:

1	2	3	4	5	6	7	8
绿白	绿	橙白	蓝	蓝白	橙	棕白	棕

图 2-2　TIA/EIA – 568A 标准线序

3. 连接网络

当把网卡安装到计算机上，且制作好网线后，还需要把制作好的网线连接到网卡或交换机上。其操作方法很简单，只要将双绞线的 RJ – 45 接头直接插入网卡或交换机的接口即可。

2.2.2　软件系统的安装设置

安装好网卡后，打开计算机，Windows XP 系统一般能自动识别并设置网卡。如果不能，单击【开始】按钮→【控制面板】命令，打开【控制面板】窗口并切换到分类视图，单击【添加/删除硬件】超链接，利用向导将网卡添加到系统中，必要时还要使用网卡附带的驱动盘安装驱动程序。安装设置完成后，打开【设备管理器】，若网卡工作正常，则在【网络适配器】中能看到网卡的图标（注意，图标上必须既无"×"也无"!"，否则可能是被禁用或工作不正常）。

在计算机中安装了网络适配器硬件设备以及驱动程序后，用户还需要进行网络创建最重要的设置，即配置网络协议。对于 Windows XP 操作系统来说，在安装操作系统的过程中安装向导会自动完成 Microsoft 网络客户端、Microsoft 网络的文件和打印机服务、QoS 数据包计划程序和 Internet 协议（TCP/IP）组件的添加。

如果要配置网络协议，具体操作步骤如下。

步骤 1 单击【开始】按钮→【控制面板】命令，打开【控制面板】窗口并切换到分类视图。

步骤 2 单击【网络和 Internet 连接】超链接，打开【网络和 Internet 连接】窗口。

步骤 3 在【选择一个控制面板图标】下，单击【网络连接】超链接，打开【网络连接】窗口并选中【本地连接】图标，如图 2-3 所示。

图 2-3 【网络连接】窗口

步骤 4 在左侧的【网络任务】列表中，单击【更改此连接的设置】超链接，打开【本地连接 属性】对话框，如图 2-4 所示。

步骤 5 选中【Internet 协议（TCP/IP）】复选框，单击【属性】按钮，打开【Internet 协议（TCP/IP）属性】对话框，如图 2-5 所示。

步骤 6 由于创建的是对等型局域网，因此没有专用的 DHCP 服务器为客户机分配动态 IP 地址，用户必须手动指定一个 IP 地址。例如用户可以输入一个常用的局域网 IP 地址：192.168.0.1，子网掩码：255.255.255.0。

按照上述步骤对网络中其他计算机进行 TCP/IP 协议的设置，需要注意的是其余计算机的 IP 地址也应设置为 192.168.0.xxx，即所有的 IP 地址必须在一个网段中，xxx 的范围是 1~254，并且最后一位 IP 地址不能重复。

步骤 7 完成设置后便可连接网络，用户可以访问网上资源了。

图 2-4 【本地连接 属性】对话框

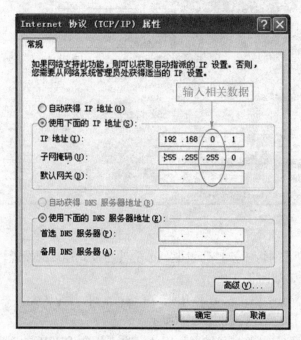

图 2-5 【Internet 协议（TCP/IP）属性】对话框

2.3 资源共享

　　局域网环境搭建完成后，就可通过网络实现资源共享和通信的目的了，如磁盘共享、文件夹共享、打印机共享和网络会议等功能。

2.3.1　使用网络安装向导设置家庭和小型办公网络

Windows XP 中作为一个安全措施，系统默认不允许对该计算机进行远程访问，需要进行资源共享。

如果要运行【网络安装向导】来启用远程访问和资源共享，具体操作步骤如下。

步骤 1　单击【开始】按钮→【控制面板】命令，打开【控制面板】窗口并切换到分类视图。

步骤 2　单击【网络和 Internet 连接】超链接，打开【网络和 Internet 连接对话框】。

步骤 3　单击【网络安装向导】超链接，打开【网络安装向导】对话框，如图2-6 所示。

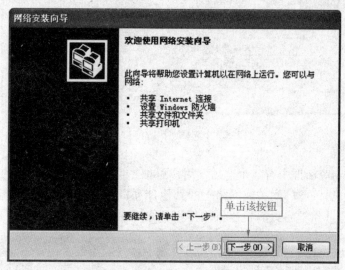

图 2-6　【网络安装向导】对话框

步骤 4　单击【下一步】按钮，进入【继续之前】界面，如图2-7 所示。

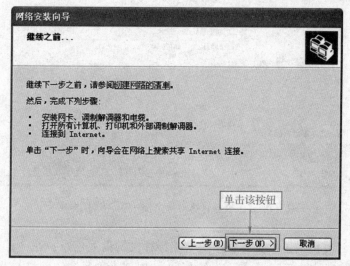

图 2-7　【继续之前】界面

步骤 5 根据需要选择选项，单击【下一步】按钮，打开【选择连接方法】界面，如图 2-8 所示。

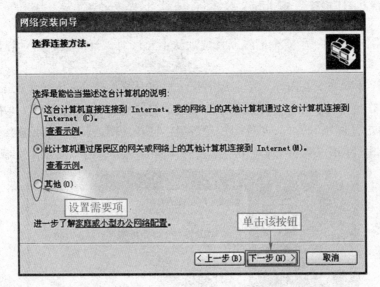

图 2-8 【选择连接方法】界面

步骤 6 该向导对话框中有 3 个选项，用户可根据实际情况选择需要的选项。在这里选中【此计算机通过居民区的网关或网络上的其他计算机连接到 Internet】单选钮，单击【下一步】按钮，打开【给这台计算机提供描述和名称】界面，如图 2-9 所示。

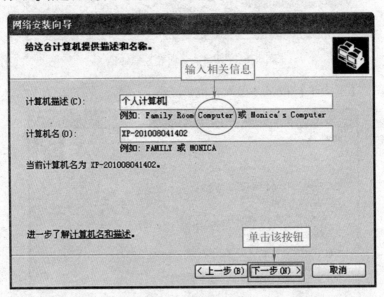

图 2-9 【给这台计算机提供描述和名称】界面

步骤 7 在【计算机描述】文本框中输入该计算机的描述信息；在【计算机名】文本框中输入该计算机的名称。单击【下一步】按钮，进入【命名您的网络】界面，如图 2-10 所示。

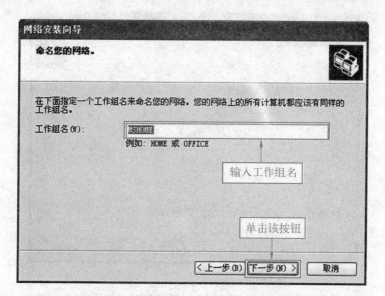

图 2-10 【命名您的网络】界面

在【工作组名】文本框中输入工作组名称，单击【下一步】按钮，打开【文件和打印机共享】界面，如图 2-11 所示。

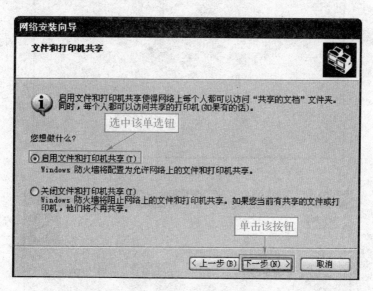

图 2-11 【文件和打印机共享】界面

这里有两个选项用来启用或关闭文件和打印机共享，在这里选中【启用文件和打印机共享】单选钮，单击【下一步】按钮，打开【准备应用网络设置…】界面，如图 2-12 所示。

单击【下一步】按钮，打开【请稍候…】界面，如图 2-13 所示。

该向导对话框即开始配置网络，配置完毕后，将打开【快完成了…】界面，如图 2-14 所示。

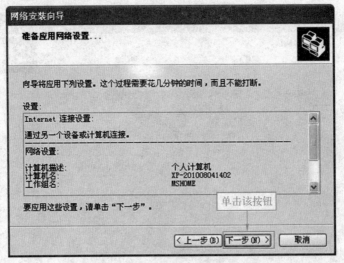

图 2-12 【准备应用网络设置】界面

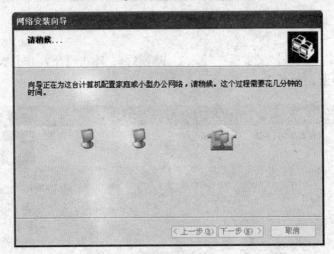

图 2-13 【请稍候】界面

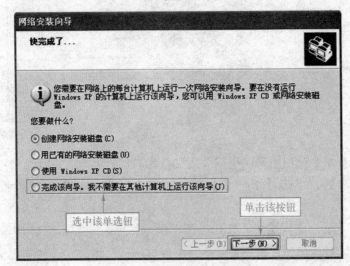

图 2-14 【快完成了…】界面

步骤11 用户可根据需要选择选项，选中【完成该向导。我不需要在其他计算机上运行该向导】单选钮，单击【下一步】按钮，打开【正在完成网络安装向导】界面，如图2-15所示。

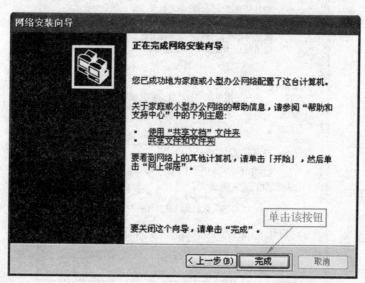

图2-15 【正在完成网络安装向导】界面

步骤12 单击【完成】按钮。

2.3.2 设置共享资源

运行【网络安装向导】启用文件和打印机共享设置后，Windows XP 系统默认将【共享文档】和已安装的打印机设置成为共享而无须用户设置。用户通常操作的是共享文件夹或取消打印机共享等。

1. 设置共享文件夹

打开【我的电脑】或【资源管理器】，找到要设置成共享资源（或取消共享）的文件夹。例如用鼠标右键单击【我的文档】，在弹出的快捷菜单中选择【共享和安全】，打开【我的文档 属性】对话框，如图2-16所示。

在对话框中选中【在网络上共享这个文件夹】复选框后，就可以为共享文件夹设置共享。如果需要远程对该文件夹下的内容进行添加或删除，则选中【允许网络用户更改我的文件】复选框。反之，在对话框中取消选中【在网络上共享这个文件夹】复选框，则可取消该文件夹共享。

设置完成后，单击【确定】按钮关闭所有对话框，共享文件夹就设置好了。可以看到，设置为共享资源的文件夹下面有一个小手拖着文件的图标，如图2-17所示。

如果用户需要更详细地设置共享文件夹，可以打开【我的电脑】窗口，单击【工具】菜单→【文件夹选项】命令，打开【文件夹选项】对话框，单击【查看】选项卡，如图2-18所示。取消选中【使用简单文件共享（推荐）】复选框，单击【确定】按钮。

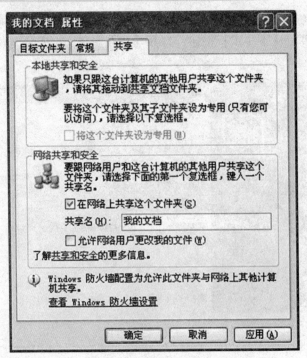

图 2-16 【我的文档 属性】对话框

图 2-17 共享文件夹

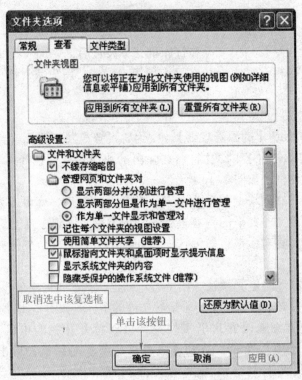

图 2-18 【文件夹选项】对话框

通过该设置后，再次在需要设置共享的文件夹上单击鼠标右键，在弹出的快捷菜单中选择【共享和安全】时，出现如图 2-19 所示的【共享文档 属性】对话框。

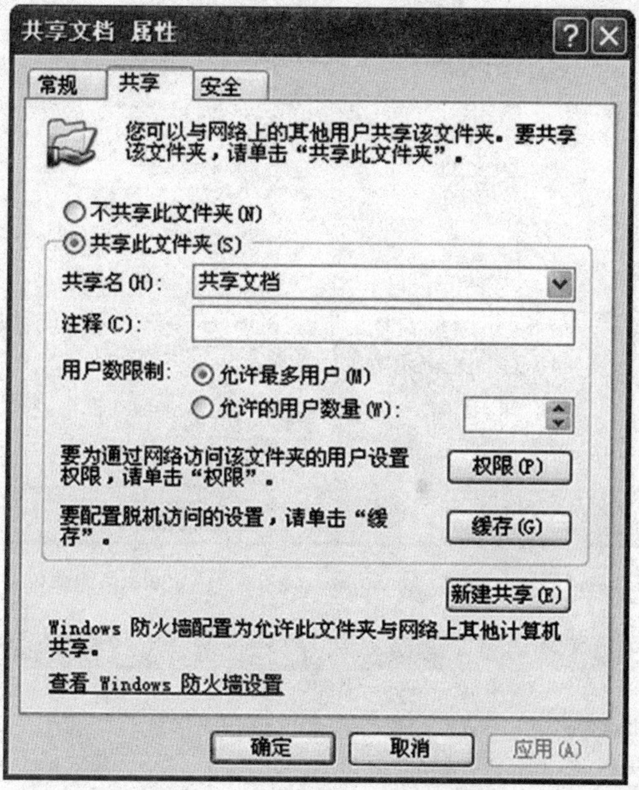

图 2-19　【共享文档 属性】对话框

在该界面下除了为共享文件夹设置共享名称外，还可以设置简短的描述内容，通过单击【权限】按钮进入该资源的权限窗口，进行详细的共享权限设置。如果需要，还可以设置允许同时使用该文件夹的用户数，以及选择缓存设置，以便用户在离线时还可使用这些共享资源。

2．设置打印机共享

找到要设置或取消共享的本地打印机，用鼠标右键单击打印机图标，在弹出的快捷菜单中选择【共享】，打开【Microsoft Office Document Image Writer 属性】对话框，单击【共享】选项卡，如图 2-20 所示。

选中【不共享这台打印机】单选钮，就可以取消打印机共享。反之，选中【共享这台打印机】单选钮，就可以为共享打印机设置共享名称。

3．访问共享资源

用户如果想要使用网络上的资源，首先需要查找到网络上的资源。

双击桌面上的【网上邻居】图标，打开【网上邻居】窗口，单击窗口左列【网络任务】列表中的【查看工作组计算机】，若联网正确，则在右边窗口中会看到局域网中的所有计算机的名称，如图 2-21 所示。双击某台计算机图标，就可看到计算机上的共享资源。

图 2-20 【Microsoft Office Document Image Writer 属性】

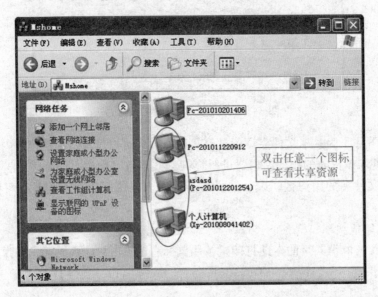

图 2-21 工作组计算机

4. 网络通信

在局域网中多台计算机可利用控制台消息互相发送文字消息，甚至可用 NetMeeting 进行语音或视频交流实现网上会议。

如果要发送控制台消息，具体操作步骤如下。

步骤1 单击【开始】→【所有程序】→【管理工具】→【计算机管理】命令，打开【计算机管理】窗口，如图 2-22 所示。

步骤2 用鼠标右键单击【计算机管理（本地）】，在弹出的快捷菜单中单击【所有任务】→【发送控制台消息】命令，打开【发送控制台消息】对话框，如图 2-23 所示。

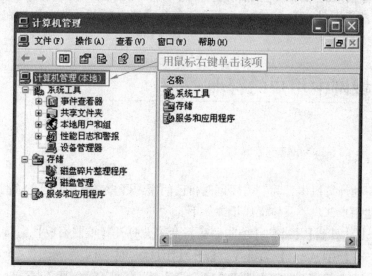

图 2-22 【计算机管理】窗口

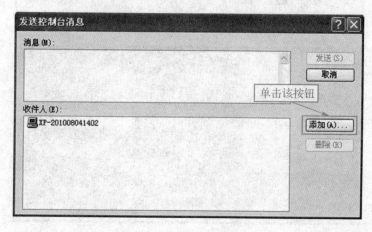

图 2-23 【发送控制台消息】对话框

步骤 3 单击【添加】按钮，打开【选择计算机】对话框，如图 2-24 所示。

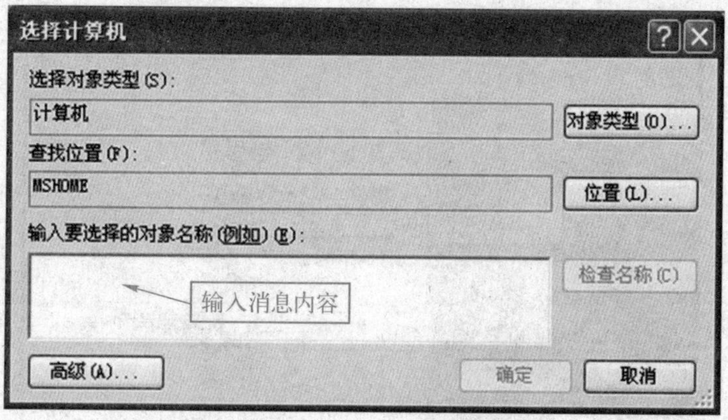

图 2-24 【选择计算机】对话框

步骤 4 在【输入要选择的对象名称】中输入要接收消息的计算机名称或 IP 地址，单击【确定】按钮，然后在【消息】编辑区中输入消息内容，单击【发送】按钮，完成控制台消息的发送。

2.4 局域网中用户的管理

2.4.1 用户账户的管理

在多人使用的计算机中，我们需要创建自己的用户账户来保护自己的文件安全。

如果要创建用户账户，具体操作步骤如下。

步骤 1 单击【开始】按钮→【控制面板】命令，打开【控制面板】窗口。

步骤 2 单击【用户账户】超链接，打开【用户账户】窗口，如图 2-25 所示。

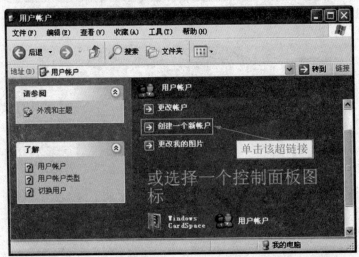

图 2-25 【用户账户】窗口

步骤 3 单击【创建一个新账户】超链接，打开【为新账户起名】界面，如图 2-26 所示。

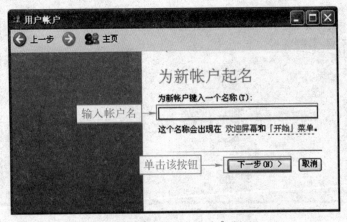

图 2-26 【为新账户起名】界面

步骤 4 在【为新账户键入一个名称】文本框中输入账户名称，单击【下一步】按钮，打开【挑选一个账户类型】界面，如图2-27所示。

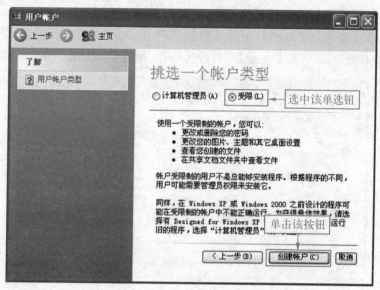

图2-27　【挑选一个账户类型】界面

步骤 5 在这里选中【受限】单选钮，单击【创建账户】按钮，完成创建。

对已创建的受限账户可进行如下设置：更改名称、创建密码、更改图片、更改账户类型、删除账户，如图2-28所示，【您想更改Internet账户的账户的什么？】界面，单击需要设置的超链接，即可进入相应的界面，完成设置。

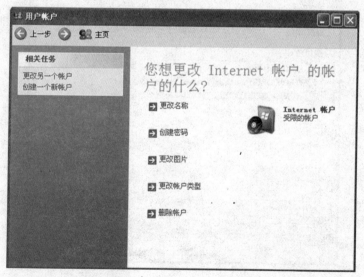

图2-28　【您想更改Internet账户的账户的什么？】界面

2.4.2 用户组的管理

用户组的管理主要是用来添加和删除用户。

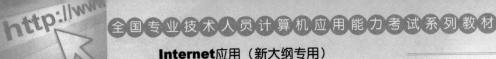

如果要添加用户，具体操作步骤如下。

步骤1 用鼠标右键单击桌面上的【我的电脑】图标，在弹出的快捷菜单中选择【管理】，打开【计算机管理】对话框。

步骤2 单击【本地用户和组】下的【组】选项，显示组的右侧窗格，如图 2-29 所示，用鼠标右键单击右侧窗格中的【Users】，打开【Users 属性】对话框，如图 2-30 所示。

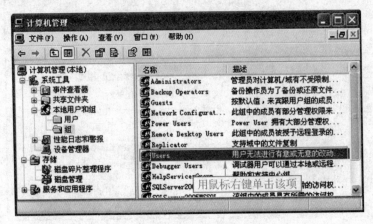

图 2-29　组的右侧窗格

图 2-30　【Users 属性】对话框

步骤3 单击【添加】按钮，打开【选择用户】对话框，如图 2-31 所示。

步骤4 单击【高级】按钮，打开【一般性查询】界面，单击【立即查找】按钮，打开如图 2-32 所示的界面。

步骤5 选择要添加的用户，单击【确定】按钮。

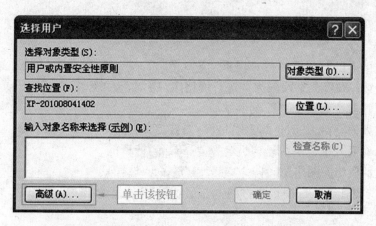

图2-31 【选择用户】对话框

图2-32 【一般性查询】界面

单击【确定】按钮。

单击【确定】按钮，完成设置。

如果要删除用户，可在【Users 属性】界面选择要删除的用户，单击【删除】按钮，可删除用户。

2.5 上机练习

1. 在拨号连接中设置不允许网络上的其他计算机使用本机上的打印机和共享资源。
2. 设置允许其他计算机用 Microsoft 网络访问您的资源。
3. 从当前界面开始，对"C:\我的图片"文件夹设置共享。

4. 从当前界面开始，使用鼠标右键方式，设置"C:\我的文档"文件夹为共享，键入共享名为"文档"。

5. 从"我的电脑"界面开始，设置"E:\天宇"文件夹为共享文件夹，并在共享后面加上"＄"符号；设置共享权限为"允许网络用户更改我的文件"。

6. 取消文件夹"我的文档"的共享。

7. 从当前界面开始，通过"搜索助理"查找IP地址为"192.168.0.2"的计算机。

8. 从当前界面开始，查找计算机名为"xue"的计算机。

9. 通过地址栏访问网络驱动器"\\192.168.0.5\d ＄"。

10. 在"资源管理器"中，通过网上邻居映射IP地址为"192.168.16.3\all"网络驱动器。

11. 断开网络驱动器Z。

12. 从"打印机和传真"窗口界面开始，设置本地打印机"Microsoft Office Document Image Writer"为网络打印机。

13. 在"打印机和传真"窗口中，设置网络打印机"EPSON Stylus CX5500 Series"属性中，使用时间从"9：00到15：00"。

14. 在当前窗口界面中，根据"添加打印机"向导，安装网络打印机，输入"名称"为"\\192.168.18.18\Microsoft XPS Document Writer"。

15. 在"计算机管理器"窗口中，在"组"的目录下，新建一个名称为"aa"的组。

16. 在"管理工具"的"计算机管理"窗口中，查看用户FTP的属性，并将其从用户组中删除。

17. 在当前界面中，创建新用户"GH"，创建用户密码为：888，设置用户"无需修改及不能修改密码"及"密码永不过期"属性。

18. 将用户lihui添加到Guests组中。

19. 更改受限账户GH为计算机管理员。

20. 在计算机管理窗口中，删除名为"FTP"的组。

上机操作提示（具体操作详见随书光盘中【手把手教学】第2章1~20题）

1. **步骤1** 单击【拨号】下的【gh】，然后单击【文件】菜单→【属性】命令，打开【gh 属性】对话框。

步骤2 单击【网络】选项卡，取消已选中的【Microsoft 网络的文件和打印机共享】复选框。

步骤3 单击【确定】按钮，单击工作区空白处。

2. **步骤1** 单击【本地连接2】，单击【文件】菜单→【属性】命令，打开【本地连接2属性】对话框。

步骤2 选中【Microsoft 网络的文件和打印机共享】复选框，单击【确定】按钮，单击工作区内空白处。

3. **步骤1** 单击【我的图片】文件夹，用鼠标右键单击【我的图片】，在弹出的快捷菜单中选择【共享和安全】，打开【我的图片 属性】对话框。

步骤2 单击【如果您知道在安全方面的风险，但又不想运行向导就共享文件，请单击此处】超链接，打开【启用文件共享】对话框。

步骤1 选中【只启用文件共享】单选钮，单击【确定】按钮。

步骤2 选中【在网络上共享这个文件夹】复选框，单击【确定】按钮，单击工作区空白处。

4. 步骤1 单击【我的文档】文件夹，用鼠标右键单击【我的文档】，在弹出的快捷菜单中选择【共享和安全】，打开【我的文档 属性】对话框。

步骤2 选中【在网络上共享这个文件夹】复选框，修改【共享名】文本框中的内容为【文档】，单击【确定】按钮，单击工作区内空白处。

5. 步骤1 双击【本地磁盘（E:)】，打开【E:\】窗口。

步骤2 单击【天宇】文件夹，用鼠标右键单击【天宇】，在弹出的快捷菜单中选择【共享和安全】，打开【天宇 属性】对话框。

步骤3 选中【在网络上共享这个文件夹】复选框，修改【共享名】文本框中的内容为【天宇＄】，选中【允许网络用户更改我的文件】复选框，单击【确定】按钮，单击工作区空白处。

6. 步骤1 单击【我的文档】，单击【文件】菜单→【共享和安全】命令，打开【我的文档 属性】对话框。

步骤2 取消选中【在网络上共享这个文件夹】复选框，单击【确定】按钮，单击工作区内空白处。

7. 步骤1 单击【开始】按钮→【搜索】命令，打开【搜索结果】窗口。

步骤2 单击【计算机或人】超链接，单击【网络上的一个计算机】超链接。

步骤3 在文本框中输入"192.168.0.2"，单击【搜索】按钮或按〈Enter〉键。

8. 步骤1 用鼠标右键单击【网上邻居】，在弹出的快捷菜单中选择【搜索计算机】，打开【搜索结果】对话框。

步骤2 在文本框中输入"xue"，单击【搜索】按钮。

9. 步骤 修改地址栏为【\\192.168.0.5\d＄】，单击【转到】按钮或按〈Enter〉键。

10. 步骤1 用鼠标右键单击【我的电脑】，在弹出的快捷菜单中选择【资源管理器】，打开【我的电脑】窗口。

步骤2 用鼠标右键单击【网上邻居】，在弹出的快捷菜单中选择【映射网络驱动器】，打开【映射网络驱动器】对话框。

步骤3 单击【文件夹】下拉箭头，在弹出的列表中选择【\\192.168.16.3\all】。

步骤4 单击【完成】按钮。

11. 步骤1 用鼠标右键单击【我的电脑】，在弹出的快捷菜单中选择【断开网络驱动器】，打开【中断网络驱动器连接】对话框。

步骤2 单击【网络驱动器】列表中的第1行第2列的【Z:】。

步骤3 单击【确定】按钮。

12. 步骤1 单击【Microsoft Office Document Image】，单击【文件】菜单→【共享】命令，打开【Microsoft Office Document Image 属性】对话框。

步骤2 选中【共享这台打印机】单选钮，单击【确定】按钮，单击工作区空白处。

13. （步骤1）单击【文件】菜单→【属性】命令，打开【属性】对话框。

（步骤2）单击【高级】选项卡，选中【使用时间从】单选钮，设置【起始时间】为【9：00】，设置【结束时间】为【15：00】。

（步骤3）单击【确定】按钮，单击工作区内空白处。

14. （步骤1）单击【文件】菜单→【添加打印机】，打开【欢迎使用添加打印机向导】界面。

（步骤2）单击【下一步】按钮，选中【网络打印机或连接到其他计算机的打印机】单选钮。

（步骤3）单击【下一步】按钮，选中【连接到这台打印机（或者浏览打印机，选择这个选项并单击"下一步"）】单选钮，在【名称】文本框中输入"\\192.168.18.18\Microsoft XPS Document Writer"。

（步骤4）单击【下一步】按钮，打开【连接到打印机】对话框。

（步骤5）单击【是】按钮。

（步骤6）单击【完成】按钮。

15. （步骤1）单击【本机用户和组】，双击【组】。

（步骤2）单击【组】，单击【操作】菜单→【新建组】命令，打开【新建组】对话框。

（步骤3）在【组名】文本框中输入"aa"，单击【创建】按钮。

（步骤4）单击【关闭】按钮。

16. （步骤1）单击【FTP】，单击【操作】菜单→【属性】命令，打开【FTP属性】对话框。

（步骤2）单击【确定】按钮。

（步骤3）单击【操作】菜单→【删除】命令，打开【本地用户和组】对话框。

（步骤4）单击【是】按钮。

17. （步骤1）用鼠标右键单击【我的电脑】，在弹出的快捷菜单中选择【管理】，打开【计算机管理】对话框。

（步骤2）单击【本地用户和组】前的【+】，单击【用户】。

（步骤3）单击【操作】菜单→【新用户】命令，打开【新用户】对话框。

（步骤4）在【用户名】文本框中输入"GH"，在【密码】文本框中输入"888"，在【确认密码】文本框中输入"888"，取消选中【用户下次登录时须更改密码】复选框，选中【用户不能更改密码】复选框，选中【密码永不过期】复选框，单击【创建】按钮。

（步骤5）单击【关闭】按钮。

18. （步骤1）单击【Guests】，单击【操作】菜单→【添加到组】命令，打开【Guests属性】对话框。

（步骤2）单击【添加】按钮，打开【选择用户】对话框。

（步骤3）在【输入对象名称来选择】文本框中输入"lihui"，单击【确定】按钮。

（步骤4）单击【确定】按钮。

19. （步骤1）双击【用户账户】，单击【GH】。

（步骤2）单击【更改账户类型】超链接，选中【计算机管理员】单选钮。

步骤 3　单击【更改账户类型】按钮，单击【标题栏】后面的【关闭】按钮。

20. **步骤 1**　单击【本地用户和组】，单击【本地用户和组】前面的【＋】。

步骤 2　单击【组】文件夹，单击【FTP】。

步骤 3　单击【操作】菜单→【删除】命令，打开【本地用户和组】对话框。

步骤 4　单击【是】按钮。

第3章 IE浏览器的使用

IE 是 Internet Explorer 的简称，是用户浏览网页与搜索信息的重要工具，也是目前使用最为广泛的浏览器。

本章详细讲解 IE 浏览器、配置 IE 浏览器、搜索网上资源、在浏览器中使用 FTP 下载文件、自定义 Web 浏览器。

3.1 IE 浏览器

在用户平时的上网过程中，多数时候都是在使用浏览器浏览网页、访问网站、收发电子邮件，而最流行的工具便是微软公司的 Internet Explorer（以下简称 IE）浏览器，下面将介绍 IE 的配置与使用。

3.1.1 IE 浏览器启动与简介

为了快速掌握 IE 的使用方法，用户首先应对 IE 的工作窗口有所了解。在 Windows 桌面上，双击 IE 图标 或单击快速启动栏上的 IE 图标，打开 IE 浏览器窗口，如图 3-1 所示。

图 3-1　IE 浏览器窗口

IE 窗口主要由标题栏、菜单栏、工具栏、地址栏、链接栏、Web 窗口和状态栏等组成，具体名称及作用见表 3-1。

表 3-1　IE 窗口组成名称及作用

名　　称	作　　用
标题栏	位于 IE 工作窗口的顶部，用来显示当前正在浏览的网页名称或当前浏览网页的地址，方便用户了解 Web 页面的主要内容
菜单栏	位于标题栏下面，显示可以使用的所有菜单命令
工具栏	位于菜单栏下面，存放着用户在浏览 Web 页时常用的工具按钮，使用户可以不用打开菜单，而是单击相应的按钮来快捷地执行命令
地址栏	位于工具栏的下方，使用地址栏可以查看当前打开的 Web 页面的地址，也可以查找其他 Web 页。在地址栏中输入地址后按〈Enter〉键或者单击【转到】按钮，就可以访问相应的 Web 页。用户还可以通过地址栏上的下拉列表框直接选择曾经访问过的 Web 地址，进而访问该 Web 页
链接栏	位于地址栏的右侧，单击链接栏上的按钮，可以直接进入相应的网页
Web 窗口	位于地址栏下，Web 窗口是用来查看打开 Web 页信息的区域
状态栏	位于 IE 窗口的底部，显示当前用户正在浏览的网页下载状态、下载进度和区域属性

3.1.2　IE 的使用

在网上漫游是通过超链接来实现的，所要做的只是简单地移动鼠标指针并决定是否单击相应链接。由每一个超链接的上下文或是图像旁边的文字说明，可以知道它所代表的网页内容，通过这些简单描述就可以确定是否打开相应的网页进行浏览。下面开始一次最简单的漫游。

打开 IE 浏览器，在地址栏输入 www.xinhuanet.com，然后按〈Enter〉键，便可以打开【新华网】，如图 3-2 所示。

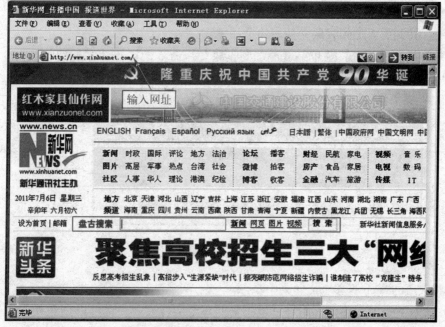

图 3-2　新华网首页

将鼠标指针指向带下画线的文字处时，鼠标指针变成手形，表明此处是一个超链接，并且鼠标下面文字的颜色将由蓝色变成红色。单击鼠标，浏览器将显示出该超链接指向的网页。

下面介绍一些使用浏览器的常用技巧。

1. 浏览上一页

刚打开浏览器时，工具栏中的【后退】和【前进】按钮都呈灰色的不可用状态。当单击某个超链接打开一个新的网页时，【后退】按钮就会变成深色可用状态，随着浏览时间的增加，用户浏览的网页也逐渐增多，有时发现超链接错了，或者是需要查看刚才浏览过的网页，这时单击【后退】按钮，就可以返回刚才访问过的网页继续浏览。

2. 浏览下一页

单击【后退】按钮后，可以发现【前进】按钮也由灰变深，继续单击【后退】按钮，就依次回到在此之前浏览过的网页，直到【后退】按钮又变灰了，表明已经无法再后退了。此时如果单击【前进】按钮，就又会沿着原来浏览的顺序依次显示下一页面。

3. 刷新某个网页

如果长时间在网上浏览，较早浏览的网页可能已经被更新，特别是一些提供实时信息的网页，例如说浏览的是一个有体育比赛的网页，可能这个网页的内容已经更新了。这时为了得到最新的网页信息，可通过单击【刷新】按钮来实现网页的更新。

4. 停止某个网页的下载

在浏览的过程中，如果发现某网页过了很长时间还没有完全显示，可以通过单击【停止】按钮来停止对当前网页的载入。

5. 使用收藏夹

用户可以将喜爱的网页添加到收藏夹中保存，以后就可以通过收藏夹快速访问用户喜欢的 Web 页或站点。

1）如果要将某个 Web 页添加到收藏夹，具体操作步骤如下。

步骤1 转到要添加到收藏夹列表的 Web 页。

步骤2 单击【收藏】菜单→【添加到收藏夹】命令，打开【添加到收藏夹】对话框，如图 3-3 所示。

步骤3 在【名称】文本框中输入该页的新名称，然后单击【确定】按钮。

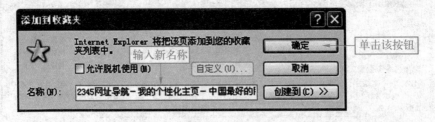

图 3-3 【添加到收藏夹】对话框

2）将收藏的 Web 页移至文件夹中。

当收藏的 Web 页过多时，用户可以将它们移至文件夹中，也可以创建新的文件夹来添加收藏的项目。

如果要将 Web 页移至文件夹中，具体操作步骤如下。

步骤1 单击【收藏】菜单→【整理收藏夹】命令，打开【整理收藏夹】对话框，如图 3-4 所示。

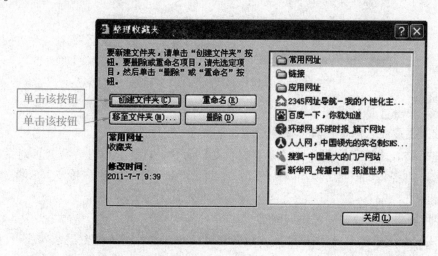

图 3-4　【整理收藏夹】对话框

步骤2 单击【创建文件夹】按钮，然后输入文件夹的名称，按〈Enter〉键。

步骤3 将列表中的快捷方式拖放到合适的文件夹中。如果因为快捷方式或文件夹太多而导致无法拖动，可以先选择要移动的网页，然后单击【移至文件夹】按钮，打开【浏览文件夹】对话框，如图 3-5 所示。

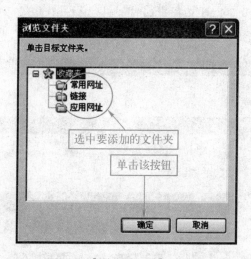

图 3-5　【浏览文件夹】对话框

步骤4 选择要添加的文件夹，单击【确定】按钮。

3）如果要删除收藏夹中的网址，具体操作步骤如下。

步骤1 单击【收藏】菜单→【整理收藏夹】命令，打开【整理收藏夹】对话框。

步骤2 选择要删除的网页，然后单击【删除】按钮，打开【确认文件夹删除】对话框，如图 3-6 所示。

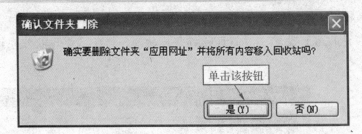

图3-6 【确认文件夹删除】对话框

步骤3 单击【是】按钮。

4）如果要重命名网址，具体操作步骤如下。

步骤1 单击【收藏】菜单→【整理收藏夹】命令，打开【整理收藏夹】对话框。

步骤2 选择要重命名的网页，单击【重命名】按钮，输入新的名称，按〈Enter〉键。

6. 使用历史记录快速浏览访问网页

如果用户忘记了将 Web 页添加到收藏夹和链接栏，也可以从历史记录列表中进行查看，在历史记录列表中可以查找在过去几分钟、几小时或几天内曾经浏览过的 Web 页和 Web 站点。

单击工具栏中的【历史】按钮，即可打开历史记录列表，其中列出了在今天、昨天或几个星期前曾经访问过的 Web 页。这些 Web 页按日期列出，按星期组合。单击星期名称，即可将其展开。其中的 Web 站点按访问时间顺序排列。单击文件夹以显示各 Web 页，然后单击 Web 页图标，即可转到该 Web 页。例如在历史记录列表中单击"中华文化传媒网"网址，主窗口中会显示出中华文化传媒网站的首页，如图 3-7 所示。

图3-7 使用历史记录查看网址

当多个用户用不同的用户名和密码登录同一台计算机时，每个用户都有各自的【历史】文件夹。

用户可以对历史记录栏进行排序。单击【历史记录】标题栏中【查看】按钮右侧的下拉按钮，弹出下拉菜单，在下拉列表中可选择下列排序：【按日期】、【按站点】、【按访问次数】、【按今天的访问顺序】4个选项，执行某个命令即可按其相应的排序方法进行排序。此外，用户还可以更改在【历史记录】列表中保留Web页的天数。指定的天数越多，保存该信息所需的硬盘空间就越大。

7. 保存网页

在上网时使用者经常会看到一些喜欢的网页，如果想在无法联网时查看该网页，用户可以将该网页保存到存储器中，以便随时查看或复制。

单击【文件】菜单→【另存为】命令，打开【保存网页】对话框，如图3-8所示，选择保存网页的路径并输入网页名称后，在【保存类型】下拉式列表框中选择保存网页的类型，单击【保存】按钮，完成当前网页的保存。

图3-8 【保存网页】对话框

网页的保存类型通常有4种，它们的介绍分别如下。

- 网页，全部（*.htm；*.html）：按这种方式保存后会在保存的目录下生成一个html文件和一个文件夹，其中包含网页的全部信息。
- Web档案，单一文件（*.mht）：按这种方式保存后只会存在单一文件，该文件包含网页的全部信息。它比前一种保存方式更易管理。
- 网页，仅HTML（*.htm；*.html）：按这种方式保存的效果同第一种方式差不多，唯一不同的是它不包含网页中的图片信息，只有文字信息。
- 文本文件（*.txt）：按这种方式保存后会生成一个单一的文本文件，不仅不包含网页中的图片信息，同时网页中文字的特殊效果也不存在。

如果想保存网页而不将其打开，可用鼠标右键单击要保存的链接，在弹出的快捷菜单中单击【目标另存为】命令，打开【文件下载】和【另存为】对话框，如图3-9所示。单击【保存】按钮，即可保存网页。

a)   b)

图 3-9 【文件下载】和【另存为】对话框

a)"文件下载"对话框   b)"另存为"对话框

如果想保存网页中的图片，可用鼠标右键单击要保存的图片，在弹出的快捷菜单中单击【图片另存为】命令，打开【保存图片】对话框，如图 3-10 所示。

图 3-10 【保存图片】对话框

如果想保存网页中的部分文本信息，可拖曳鼠标选中要复制的文本信息，用鼠标右键单击选中区域，在弹出的快捷菜单中单击【复制】命令，将文本复制到剪贴板上，然后将剪贴板的内容粘贴到保存位置保存起来。

8. 收藏夹的导入和导出

导入和导出收藏夹可以实现多台计算机间浏览器信息的共享，下面以导入收藏夹为例，具体操作步骤如下。

步骤 1 打开 Internet 浏览器，单击【文件】菜单→【导入和导出】命令，打开【导入/导出向导】对话框，如图 3-11 所示。

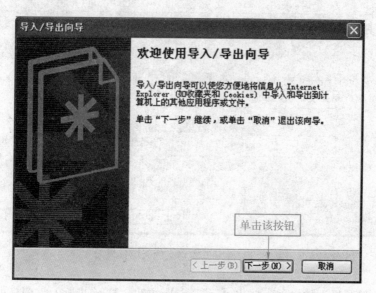

图 3-11 【导入/导出向导】对话框

步骤 2 单击【下一步】按钮，打开【导入/导出选择】界面，如图 3-12 所示。

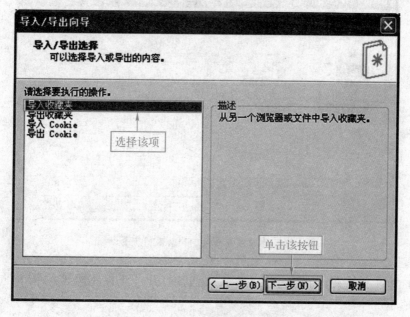

图 3-12 【导入/导出选择】界面

步骤 3 选择【请选择要执行的操作】列表框中的【导入收藏夹】，单击【下一步】按钮，打开【导入收藏夹的来源】界面，如图 3-13 所示。

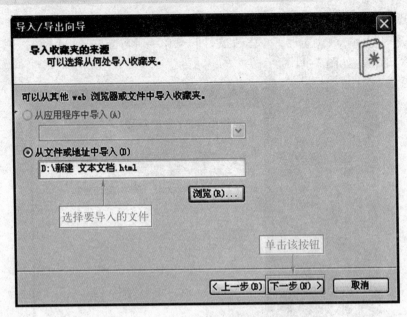

图 3-13 【导入收藏夹的来源】界面

步骤 选择要导入的文件，单击【下一步】按钮，打开【导入收藏夹的目标文件夹】界面，如图 3-14 所示。

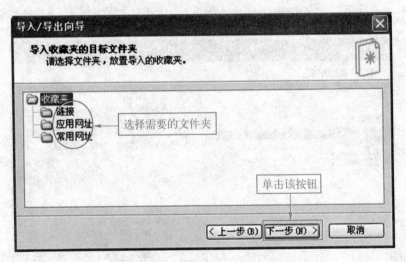

图 3-14 【导入收藏夹的目标文件夹】界面

步骤 选择文件夹，单击【下一步】按钮，打开【正在完成导入/导出向导】界面，如图 3-15 所示。

步骤 单击【完成】按钮。

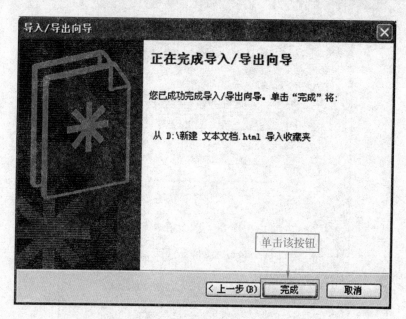

图3-15　【正在完成导入/导出向导】界面

3.2　配置IE浏览器

　　一般情况下，用户在建立【连接】以后，在浏览器默认配置下，基本上不需要什么配置就可以上网浏览了。但是浏览器的默认配置并非对每一个用户都适用，例如某个用户在Internet的连接速度比较慢，当浏览网页的时候，并不想每次都下载那些体积庞大的图像和动画，这时就需要对浏览器进行一些手动配置，可以更快捷地浏览界面。

3.2.1　设置IE访问的默认主页

　　主页是每次用户打开IE浏览器时最先访问的Web页。如果用户对某一个站点的访问特别频繁，可以将这个站点设置为主页。这样，以后每次启动IE浏览器时，IE浏览器会首先访问用户设定的主页内容，或者在单击工具栏的【主页】按钮时立即显示。

　　如果将经常访问的站点设置为主页，具体操作步骤如下。

　　步骤1 通过IE浏览器打开要设置为主页的Web页。

　　步骤2 在IE浏览器窗口中，单击【工具】菜单→【Internet选项】命令，打开【Internet选项】对话框，如图3-16所示。

　　步骤3 在【主页】设置区中，单击【使用当前页】按钮，即可将该Web页设置为主页，也可直接输入需要设置为主页的网站地址。

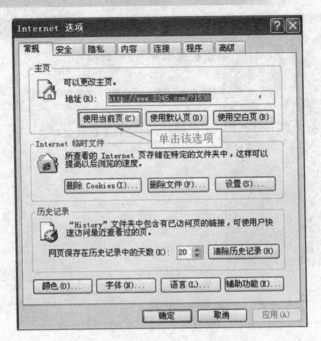

图 3-16 【Internet 选项】对话框

3.2.2 配置临时文件夹

用户所浏览的网页存储在本地计算机中的一个临时文件夹中，当再次浏览时，浏览器会检查该文件夹中是否有这个文件，如果有，浏览器将把该临时文件夹中的文件与源文件的日期属性进行比较，如果源文件已经更新，则下载整个网页，否则显示临时文件夹中的网页。这样可以提高浏览速度，而不必每次访问同一个网页时都重新下载。

如果要配置临时文件夹，具体操作步骤如下。

步骤1 打开 IE 浏览器，单击【工具】菜单→【Internet 选项】命令，打开【Internet 选项】对话框。

步骤2 单击【Internet 临时文件夹】设置区中的【设置】按钮，打开【设置】对话框，如图 3-17 所示。

步骤3 在【Internet 临时文件夹】设置区中，通过拖动【使用的磁盘空间】下的滑块来改变【Internet 临时文件夹】的大小。在这里可以选择下列操作。

- 选中【每次访问此页时检查】单选钮，用户每次请求该页都进行检查，以后用户再次请求时，浏览器只显示临时文件夹的网页。这种方法速度较快，但不能保证网页都是最新的。
- 选中【每次启动 Internet Explorer 时检查】单选钮，在每次启动浏览器时检查。
- 选中【自动】单选钮，浏览器将自动检查。
- 选中【不检查】按钮，只要临时文件夹中有该网页，浏览器将不进行任何检查，立即将其显示给用户，此种方法速度最快。

步骤4 单击【移动文件夹】按钮，打开【浏览文件夹】对话框，如图 3-18 所示。在

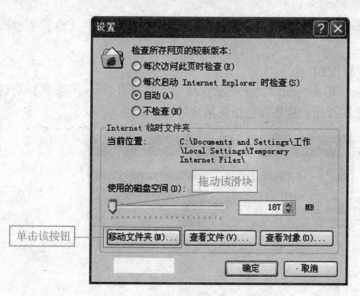

图 3-17　【设置】对话框

这里选择【移动到目标文件夹】，即可将 Internet 临时文件夹移动到用户选择的文件夹中。

图 3-18　【浏览文件夹】对话框

要注意的是，移动 Internet 临时文件夹会删除以前的所有临时文件。

3.2.3　设置历史记录保存天数以及删除历史记录

通过历史记录，用户可以快速访问已查看过的网页。用户还可以指定网页保存在历史记录中的天数，以及清除历史记录。

如果要设置保存历史记录的天数，具体操作步骤如下。

步骤一　打开 IE 浏览器，单击【工具】菜单→【Internet 选项】命令，打开【Internet 选项】对话框。

步骤 2 在【历史记录】设置区中，在【网页保存在历史记录中的天数】文本框中输入要保留的天数。

步骤 3 单击【确定】按钮。

如果要删除历史记录，单击【清除历史记录】按钮，打开【Internet 选项】对话框，如图 3-19 所示，单击【是】按钮，将删除已访问网站的历史记录。

图 3-19 【Internet 选项】对话框

3.2.4 安全性设置

现在的网页不只是静态的文本和图像，页面中还包含了一些 Java 小程序、Active X 控件及其他一些动态和用户交流信息的组件。这些组件以可执行的代码形式存在，从而可以在用户的计算机上执行，它们使整个 Web 变得活泼生动。但是这些组件既然可以在用户的计算机上执行，也就会产生潜在的危险性。如果这些代码是精心编写的网络病毒，那么将会有病毒侵入的危险。通过对 IE 浏览器的安全性设置，基本可以解决这个问题。如果要对其安全性进行设置，具体操作步骤如下。

步骤 1 打开 IE 浏览器，单击【工具】菜单→【Internet 选项】命令，打开【Internet 选项】对话框，单击【安全】选项卡，如图 3-20 所示。

图 3-20 【安全】选项卡

步骤2 在 4 个不同区域中，单击要设置的区域。单击【默认级别】按钮，便会显示滑块，如图 3-21 所示。

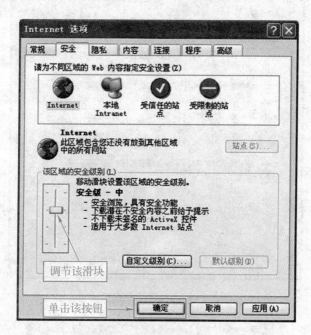

图 3-21 显示滑块

步骤3 在【该区域的安全级别】栏里，调节滑块所在位置，可以将该 Internet 区域的安全级别设为高、中、中低、低。

步骤4 单击【确定】按钮。

3.2.5 取消自动完成功能

IE 浏览器可以自动记住用户输入的 Web 地址以及在网页表单中输入的数据，如用户名和密码等。这虽然给用户带来了一定的方便，但同样也带来了潜在的危险，出于安全的考虑，用户可以取消浏览器的自动完成功能。

如果要取消自动完成功能，具体操作步骤如下。

步骤1 打开 Internet 浏览器，单击【工具】菜单→【Internet 选项】命令，打开【Internet 选项】对话框，单击【内容】选项卡，如图 3-22 所示。

步骤2 单击【个人信息】设置区中的【自动完成】按钮，打开【自动完成设置】对话框，如图 3-23 所示。取消选中【表单上的用户名和密码】复选框，然后单击【确定】按钮。

步骤3 取消选中的【表单上的用户名和密码】复选框，单击【确定】按钮。

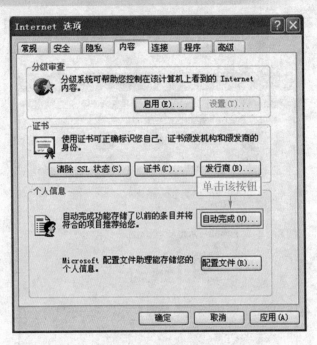

图 3-22 【内容】选项卡

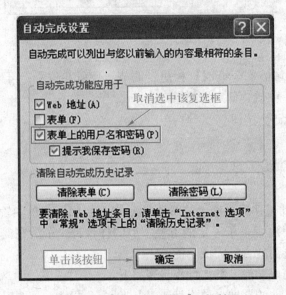

图 3-23 【自动完成设置】对话框

3.2.6 快速显示要访问的网页

用户在初次访问某个网页时，最关心的是有没有自己需要的信息，常常希望能快速显示该网页。

如果要快速显示浏览器信息，具体操作步骤如下。

步骤 1 打开 IE 浏览器，单击【查看】菜单→【Internet 选项】命令，打开【Internet

选项】对话框，单击【高级】选项卡，如图 3-24 所示。

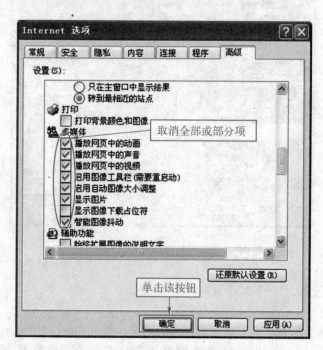

图 3-24 【高级】选项卡

步骤2 在【多媒体】区域，使【显示图片】、【播放网页中的动画】、【播放网页中的视频】、【播放网页中的声音】等全部或部分复选框处于未选中状态。

步骤3 单击【确定】按钮。

即使取消已选中的【显示图片】或【播放网页中的视频】复选框，也可以通过用鼠标右键单击相应图标，在弹出的快捷菜单中单击【显示图片】命令，以便在Web 页上显示单幅图片或动画。当再浏览新的网页时，就会发现页面只包含纯文本的信息，且网页下载的速度已大大提高，尤其是在网络传输速度较慢、信息拥挤的时候，其效果更为明显。

3.3 搜索网上资源

3.3.1 通过【搜索】窗格搜索资源

如果要通过【搜索】窗格搜索资源，具体操作步骤如下。

步骤1 打开 Internet 浏览器，单击工具栏中的【搜索】按钮或单击【查看】菜单→【浏览器栏】→【搜索】命令，打开【搜索】窗格，如图 3-25 所示。

步骤2 在【搜索】窗格中输入要搜索的信息，按〈Enter〉键。

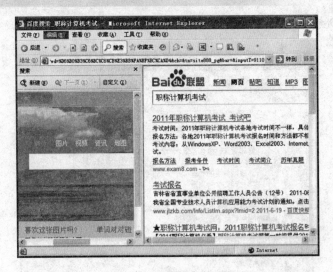

图 3-25 【搜索】窗格

3.3.2 通过地址栏搜索资源

打开 IE 浏览器，在地址栏中输入要打开的网页，按〈Enter〉键或单击【转到】按钮。

下面以通过地址栏打开百度网页信息为例，在如图 3-26 所示的地址栏中输入"www. baidu. com"，按〈Enter〉键或单击【转到】按钮，可打开如图 3-27 所示的百度首页。

图 3-26 在地址栏中输入信息

图 3-27 百度首页

3.3.3　搜索当前 Web 页中的文本

如果要在当前 Web 页中搜索文本，具体操作步骤如下。

步骤 1 在打开的 Internet 浏览器界面，单击【编辑】菜单→【查找】命令，打开【查找】对话框，如图 3-28 所示。

图 3-28　【查找】对话框

步骤 2 在【查找内容】文本框中输入要查找的内容，通过选中【向上】或【向下】单选钮来确定查找方向，单击【查找下一个】按钮，查找到的文本将反向显示。

3.3.4　使用搜索引擎查找资源

随着 Internet 的迅速发展，网上的 Web 站点越来越多，与此同时各种各样的搜索引擎也相应地纷纷出现，它们在提供搜索工具的同时，也为用户提供不同的分类主题目录。以方便广大用户在 Internet 上快速查找信息。对于初学者来说，了解一个速度较快、自己比较喜欢并且带有主题目录的中文搜索引擎，将会大大方便自己搜索 Internet 信息。

下面以百度搜索引擎做简单介绍。

单击 IE 图标将出现百度界面，如图 3-1 所示。在文本框中输入要搜索的信息，单击【百度一下】按钮，即可进入要查找信息的界面。下面以搜索"职称计算机考试"为例，在文本框中输入"职称计算机考试"，单击【百度一下】按钮，将打开如图 3-29 所示的界面。

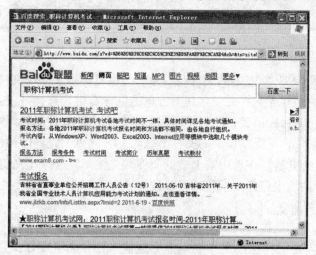

图 3-29　搜索相关信息界面

3.4 在浏览器中使用 FTP 下载文件

文件传送协议（FTP，File Transfer Protocol）是 Internet 文件传送的基础。通过该协议，用户通过一个支持 FTP 的客户程序，可以从一个 Internet 主机向另一个 Internet 主机复制文件。主要用于共享软件、文档等。

在 FTP 的使用中，有两个概念：下载（Download）和上传（Upload）。下载文件就是从远程主机复制文件至自己的计算机上，上传文件就是将文件从自己的计算机中复制至远程主机上。用 Internet 语言来说，用户可通过客户机程序向（从）远程主机上传（下载）文件。

IE 浏览器也支持 FTP，也就是说用户可以在 IE 浏览器的地址栏中直接输入 FTP 站点的地址，需要注意的是，如果 URL 地址是以 "ftp://" 开头的，表示是采用文件传送协议。

输入地址后按〈Enter〉键或单击【转到】按钮，将弹出一个登录认证对话框要求输入用户名和密码，如图 3-30 所示，输入正确即可使用 FTP 丰富的资源了。如果站点支持匿名用户访问，则不需要认证即可直接使用 FTP 站点。

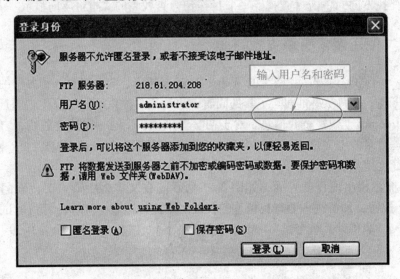

图 3-30 【登录身份】对话框

在 IE 窗口显示出 FTP 站点上的文件与目录，与浏览本地文件与文件夹一样。在 FTP 站点中选中需要下载的文件或文件夹，在其上方单击鼠标右键，选择【复制到文件夹】，在弹出的窗口中选择复制的目标位置，即可将远程 FTP 站点中的文件复制到本机中。

如果需要下载文件，可将本机上的文件下载到 FTP 站点上，具体操作步骤如下。

步骤1 在【我的电脑】中选中需上载的文件或文件夹，选择【复制】命令。

步骤2 在 FTP 站点中打开要下载的目标位置，用鼠标右键单击空白处，在弹出的快捷菜单中单击【粘贴】命令。

除了可以使用 IE 浏览器访问 FTP 站点以外，还可使用 FTP 命令和专门的 FTP 客户端软件。使用 FTP 命令需要记住这些命令要一个个地输入，界面不友好，且不方便使用。而专门的 FTP 客户端软件则容易掌握，且功能强大，如具有前面提到的多线程和断点续传的功能。NetAnts、FlashGet 等下载工具都支持 FTP 下载，专门的 FTP 客户端软件如 CuteFTP 则具有上传、下载的功能。

3.5 自定义 Web 浏览器

每个浏览器都有默认的设置，但并不适用于每个人，我们可以根据个人喜好对其进行设置。

3.5.1 自定义工具栏

在 IE 浏览器中，我们经常会用到工具栏中的一些操作命令，如邮件、打印、编辑、讨论等，我们可以对工具栏进行添加、删除等操作。

如果要在工具栏中添加或删除工具按钮，具体操作步骤如下。

打开 IE 浏览器，单击【查看】菜单→【工具栏】→【自定义】命令，打开【自定义工具栏】对话框，如图 3-31 所示。

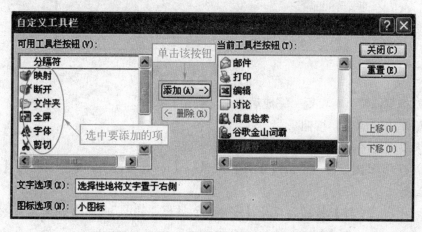

图 3-31 【自定义工具栏】对话框

在【可用工具栏按钮】列表框中选择要添加的工具按钮，单击【添加】按钮，即可在工具栏中添加工具按钮。在【当前工具栏按钮】列表框中选择要删除的工具按钮，单击【删除】按钮，即可将工具栏中的按钮删除。

单击【关闭】按钮。

如果要更改工具栏中的排列顺序，可在【自定义工具栏】对话框中单击【上移】或【下移】按钮来更改排列顺序。

在【自定义工具栏】对话框中，单击【文字选项】列表框，可以选择【选择性地将文字置于右侧】或【无文字标签】。单击【图标选项】列表框，在弹出的列表中可以选择【大图标】或【小图标】。

3.5.2 网页字体与背景颜色的设置

我们可以根据自己的喜好对网页中的颜色、文本的字体大小、字体和字体颜色进行设置，使网页更加美观。

1）如果要更改显示网页的颜色，具体操作步骤如下。

步骤 1 打开 IE 浏览器，单击【工具】菜单→【Internet 选项】命令，打开【Internet 选项】对话框。

步骤 2 单击【颜色】按钮，打开【颜色】对话框，如图 3-32 所示。

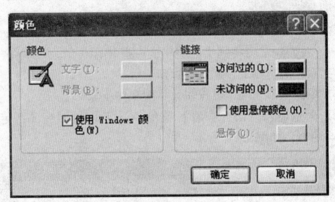

图 3-32 【颜色】对话框

步骤 3 根据需要进行设置，完成后单击【确定】按钮。

步骤 4 单击【确定】按钮。

2）如果要更改网页文本的字体，具体操作步骤如下。

步骤 1 打开 IE 浏览器，单击【工具】菜单→【Internet 选项】命令，打开【Internet 选项】对话框。

步骤 2 单击【字体】按钮，打开【字体】对话框，如图 3-33 所示。

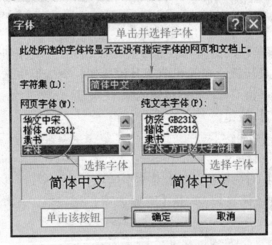

图 3-33 【字体】对话框

步骤三 根据需要进行设置，完成后单击【确定】按钮。

步骤四 单击【确定】按钮。

3）如果要更改网页上文本字体的大小，具体操作步骤如下。

打开 IE 浏览器，单击【查看】菜单→【文字大小】，在级联菜单中可选择【最大】、【较大】、【中】、【较小】、【最小】选项。

4）如果要设置网页的字体和颜色，具体操作步骤如下。

步骤一 打开 IE 浏览器，单击【工具】菜单→【Internet 选项】命令，打开【Internet 选项】对话框。

步骤二 单击【辅助功能】按钮，打开【辅助功能】对话框，如图 3-34 所示。

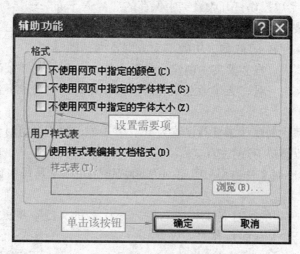

图 3-34 【辅助功能】对话框

步骤三 根据需要进行设置，完成后单击【确定】按钮。

步骤四 单击【确定】按钮。

3.6 上机练习

1. 在当前状态下，打开 IE 浏览器并显示默认网页。

2. 在当前状态利用"开始"菜单中的运行命令打开 http://travel. mangocity. com/sanya/，并将此页的"三亚"图片设置为桌面背景。

3. 利用鼠标和标准按钮工具栏的操作重新访问刚才浏览过程中访问过的"天宇考王"网页。

4. 为 IE 浏览器设置自动选择语言编码功能，使本页能正常显示。

5. 将浏览器显示的当前网页设定成可以在脱机状态下浏览。

6. 在工具栏中的后退和前进按钮之间加入一条分隔符。

7. 设置在 IE 浏览器上不显示"标准按钮"工具栏。

8. 在当前界面中浏览 ftp://ftp. cei. gov. cn。

9. 将浏览器显示的网页保存成一个独立的 Web 档案文件，保存在"我的文档"中。

10. 将当前网页的全部内容都打印出来，要求横向打印，打印份数为 5 份。

11. 打印当前网页，设置纸张大小为 A5。

12. 将网页中"职称英语"链接对应的网页保存到"我的文档"文件夹中，命名为"职称外语"，并打开该文件。

13. 登录"ftp://ftp. cei. gov. cn"，下载 dev 中的 leapftp. exe，其余保持默认。

14. 将当前打开的网页的网址添加到收藏夹中，并设置其允许脱机浏览。

15. 将当前打开的网页的网址添加到收藏夹的"链接"文件夹中，并更改其链接名为"收藏网页"。

16. 在 IE 中利用菜单操作打开收藏夹中保存的"MSN. com"链接对应的网站。

17. 通过整理收藏夹将收藏夹中的"电台指南"重新命名为"电台"。

18. 用鼠标删除保存在 IE 收藏夹中的"东方财富网"的链接。

19. 通过整理收藏夹，在收藏夹中创建一个新文件夹，命名为"保存类"。

20. 在整理收藏夹中，对"天宇考王"允许脱机使用属性中设置下载网页时下载"声音和视频"。

21. 将上网浏览使用的默认浏览器设置为 IE，并不修改原来浏览时设置使用的主页。

22. 将当前网页设置成 IE 的主页。

23. 设置 Internet 临时文件占用磁盘空间为 800 MB，并设置其每次自动检查所有的较新版本。

24. 将 IE 浏览器使用的临时文件夹设置成"C：\ 我的文档"并使之立即生效。

25. 设置网页在历史记录中保存的天数为 10 天。

26. 设置在查看当前的网页中访问的链接为黑色，未访问过的链接为红色。

27. 设置 IE，对打开网页后让 Windows 记住的密码进行清除。

28. 将 IE 收藏夹中的所有信息导出到文件【我的收藏 . html】中，文件存储在系统默认的位置。

29. 设置显示网页文本的字体时不使用网页中指定的字体样式。

30. 为 IE 浏览器的语言列表中添加使用朝鲜语的功能。

31. 重新设置 IE 的"自动完成"功能，使之能够自动完成表单上的用户名和密码。

32. 将 IE 自带的搜索设置成"使用搜索助手"查找网页。

33. 从当前状态利用百度搜索引擎查找包含"网上信息资源库"的网页，在查找此短语时要精确匹配。

34. 在浏览器当前显示的网页中查找所有有关"职称"的考试信息，并打开相应的链接对应的网页。

35. 将 IE 的搜索功能设置为搜索时记录以前 10 次搜索记录状态。

上机操作提示（具体操作详见随书光盘中【手把手教学】第 3 章 1～35 题）

1. （步骤）单击【开始】按钮→【Internet】命令。

2. （步骤 1）单击【开始】按钮→【运行】命令，打开【运行】对话框。

（步骤 2）在【打开】文本框中输入"http：//travel. mangocity. com/sanya/"，单击【确定】按钮。

步骤 在图片上单击鼠标右键，在弹出的快捷菜单中选择【设置为背景】。

步骤 单击【文件】菜单→【关闭】命令。

3. 步骤 单击工具栏中的【历史】按钮。

步骤 单击【今天】，单击【cctykw（www. cctykw. com）】。

4. 步骤 单击【查看】菜单→【编码】→【自动选择】命令。

5. 步骤 单击【收藏】菜单→【添加到收藏夹】命令，打开【添加到收藏夹】对话框。

步骤 选中【允许脱机使用】复选框，单击【确定】按钮。

6. 步骤 单击【查看】菜单→【工具栏】→【自定义】命令，打开【自定义工具栏】对话框。

步骤 单击【当前工具栏按钮】列表框中的【前进】，单击【添加】按钮。

步骤 单击【关闭】按钮。

7. 步骤 单击【查看】菜单→【工具栏】→【标准按钮】命令。

8. 步骤 修改地址栏中的内容为【ftp：//ftp. cei. gov. cn】，单击【转到】按钮或按〈Enter〉键。

9. 步骤 单击【文件】菜单→【另存为】命令，打开【保存网页】对话框。

步骤 单击【保存类型】下拉框，在弹出的列表中选择【Web 档案，单一文件】。

步骤 单击【保存】按钮。

10. 步骤 单击【文件】菜单→【打印】命令，打开【打印】对话框。

步骤 单击【首选项】按钮，打开【打印首选项】对话框。

步骤 选中【横印】单选钮，单击【确定】按钮。

步骤 修改份数为【5】，单击【打印】按钮。

11. 步骤 单击【文件】菜单→【打印】命令，打开【打印】对话框。

步骤 单击【首选项】按钮，打开【打印首选项】对话框。

步骤 单击【大小】下拉箭头，在弹出的列表中选择【A5 148×210mm】。

步骤 单击【确定】按钮。

步骤 单击【打印】按钮。

12. 步骤 用鼠标右键单击【职称英语】，在弹出的快捷菜单中选择【目标另存为】，打开【另存为】对话框。

步骤 单击【保存在】下拉框，在弹出的列表中选择【我的文档】，将【文件名】文本框中的内容修改为【职称外语】，单击【保存】按钮。

步骤 单击【打开】按钮。

13. 步骤 在地址栏中输入"ftp://ftp. cei. gov. cn"，单击【转到】按钮或按〈Enter〉键。

步骤 单击【dev】文件夹，单击【文件】菜单→【打开】命令。

步骤 单击【leapftp. exe】文件，单击【编辑】菜单→【复制到文件夹】命令，打开【浏览文件夹】对话框。

单击【复制】按钮。

14. 步骤1 单击【查看】菜单→【浏览器栏】→【收藏夹】命令，打开【收藏夹】窗格。

步骤2 单击【收藏】菜单→【添加到收藏夹】命令，打开【添加到收藏夹】对话框。

步骤3 选中【允许脱机使用】复选框，单击【确定】按钮。

15. 步骤1 单击【查看】菜单→【浏览器栏】→【收藏夹】命令，打开【收藏夹】任务窗格。

步骤2 单击【收藏】菜单→【添加到收藏夹】命令，打开【添加到收藏夹】对话框。

步骤3 修改【名称】内容为【收藏网页】，单击【确定】按钮。

16. 步骤 单击【收藏】菜单→【MSN. com】命令。

17. 步骤1 单击【查看】菜单→【浏览器栏】→【收藏夹】命令，打开【收藏夹】任务窗格。

步骤2 单击【收藏】菜单→【整理收藏夹】命令，打开【整理收藏夹】对话框。

步骤3 单击【电台指南】，单击【重命名】按钮，修改【电台指南】为【电台】，单击【整理收藏夹】右侧空白处。

步骤4 单击【关闭】按钮。

18. 步骤1 单击【收藏】菜单→【整理收藏夹】命令，打开【整理收藏夹】对话框。

步骤2 单击【东方财富网：中国访问量最大 ...】，单击【删除】按钮，打开【确认文件删除】对话框。

步骤3 单击【是】按钮。

步骤4 单击【关闭】按钮。

19. 步骤1 单击【收藏】菜单→【整理收藏夹】命令，打开【整理收藏夹】对话框。

步骤2 单击【创建文件夹】按钮，修改【新建文件夹】为【保存类】，单击【整理收藏夹】右侧空白处。

20. 步骤1 单击【收藏】菜单→【整理收藏夹】命令，打开【整理收藏夹】对话框。

步骤2 单击【天宇考王 - 职称考试，职称考试】，选中【允许脱机使用】复选框，单击【属性】按钮。

步骤3 单击【下载】选项卡，单击【高级】按钮，打开【高级下载选项】对话框。

步骤4 选中【声音和视频】复选框，单击【确定】按钮。

步骤5 单击【确定】按钮。

步骤6 单击【关闭】按钮。

21. 步骤1 双击【Internet Explorer】，单击【工具】菜单→【Internet 选项】命令，打开【Internet 选项】对话框。

步骤2 单击【程序】选项卡，单击【重置 Web 设置】按钮，打开【重置 Web 设置】对话框。

步骤3 取消选中【同时重置主页】复选框，单击【是】按钮，打开【重置 Web 设置】对话框。

步骤4 单击【确定】按钮。

步骤5 单击【确定】按钮。

22. **步骤1** 单击【工具】菜单→【Internet 选项】命令，打开【Internet 选项】对话框。

步骤2 单击【使用当前页】按钮。

步骤3 单击【确定】按钮。

23. **步骤1** 单击【工具】菜单→【Internet 选项】命令，打开【Internet 选项】对话框。

步骤2 单击【设置】按钮，打开【设置】对话框。

步骤3 选中【自动】单选钮，向右拖动【使用的磁盘空间】滑块到【800MB】，单击【确定】按钮。

步骤4 单击【确定】按钮。

24. **步骤1** 双击【Internet Explorer】，单击【工具】菜单→【Internet 选项】命令，打开【Internet 选项】对话框。

步骤2 单击【设置】按钮，打开【设置】对话框。

步骤3 单击【移动文件夹】按钮，打开【浏览文件夹】对话框。

步骤4 单击【WINXP（C:）】前的【+】，单击【我的文档】。

步骤5 单击【确定】按钮。

步骤6 单击【确定】按钮，打开【注销】对话框。

步骤7 单击【是】按钮。

步骤8 单击【确定】按钮。

25. **步骤1** 双击【Internet Explorer】，单击【工具】菜单→【Internet 选项】命令，打开【Internet 选项】对话框。

步骤2 修改【网页保存在历史记录中的天数】为【10】，单击【确定】按钮。

26. **步骤1** 单击【工具】菜单→【Internet 选项】命令，打开【Internet 选项】对话框。

步骤2 单击【颜色】按钮，打开【颜色】对话框。

步骤3 单击【访问过的】后的【颜色框】，打开【颜色】对话框。

步骤4 选择第6行第1列的【黑色】，单击【确定】按钮。

步骤5 单击【未访问的】后的【颜色框】，打开【颜色】对话框。

步骤6 选择第2行第1列的【红色】，单击【确定】按钮。

步骤7 单击【确定】按钮。

步骤8 单击【确定】按钮。

27. **步骤1** 双击【Internet Explorer】，单击【工具】菜单→【Internet 选项】命令，打开【Internet 选项】对话框。

步骤2 单击【内容】选项卡，单击【自动完成】按钮，打开【自动完成设置】对话框。

步骤3 单击【清除密码】按钮，打开【Internet 选项】对话框。

步骤4 单击【确定】按钮。

步骤5 单击【确定】按钮。

步骤6 单击【确定】按钮。

28. **步骤1** 单击【文件】菜单→【导入和导出】命令，打开【导入/导出向导】对话框。

步骤2 单击【下一步】按钮，单击【请选择要执行的操作】列表中的【导出收藏夹】。

步骤3 单击【下一步】按钮。

步骤4 单击【下一步】按钮，单击【浏览】按钮，打开【请选择书签文件】对话框。

步骤5 在【文件名】文本框中输入"我的收藏"，单击【保存】按钮。

步骤6 单击【下一步】按钮，单击【完成】按钮，打开【导出收藏夹】对话框。

步骤7 单击【确定】按钮。

29. **步骤1** 用鼠标右键单击【Internet Explorer】，在弹出的快捷菜单中选择【打开主页】，单击【工具】菜单→【Internet 选项】命令，打开【Internet 选项】对话框。

步骤2 单击【辅助功能】按钮，打开【辅助功能】对话框。

步骤3 选中【不使用网页中指定的字体样式】复选框，单击【确定】按钮。

步骤4 单击【确定】按钮。

30. **步骤1** 用鼠标右键单击【Internet Explorer】，在弹出的快捷菜单中选择【打开主页】，单击【工具】菜单→【Internet 选项】命令，打开【Internet 选项】对话框。

步骤2 单击【语言】按钮，打开【语言首选项】对话框。

步骤3 单击【添加】按钮，打开【添加语言】对话框。

步骤4 单击【朝鲜语［ko］】，单击【确定】按钮。

步骤5 单击【确定】按钮。

步骤6 单击【确定】按钮。

31. **步骤1** 单击【工具】菜单→【Internet 选项】命令，打开【Internet 选项】对话框。

步骤2 单击【内容】选项卡，单击【自动完成】按钮，打开【自动完成设置】对话框。

步骤3 选中【表单上的用户名和密码】复选框，单击【确定】按钮。

步骤4 单击【确定】按钮。

32. **步骤1** 单击【查看】菜单→【浏览器栏】→【搜索】命令，打开【搜索】任务窗格。

步骤2 单击【下一页】按钮后的【＞＞】，在弹出的列表中选择【自定义】，打开【自定义搜索设置】对话框。

步骤3 选中【使用搜索助手 您可以自定义搜索设置】单选钮，单击【确定】按钮。

33. **步骤1** 修改地址栏中内容为"http://www.baidu.com"，单击【转到】按钮或按〈Enter〉键。

步骤2 在搜索框中输入""网上信息资源库""，单击"百度一下"按钮或按〈Enter〉键。

34. **步骤1** 单击【编辑】菜单→【查找（在当前页）】命令，打开【查找】对话框。

步骤2 在【查找内容】文本框中输入"职称"，单击【查找下一个】按钮。

步骤 1 单击【2010 年河北省职称计算机应用能力考试初、中、高级成绩查询】超链接。

35. 步骤 1 单击百度工具栏中的【搜索】旁的【倒三角】按钮，在弹出的列表中选择【管理】，打开【工具栏选项】对话框。

步骤 2 单击【搜索设置】选项卡，选中【10 条】单选钮。

步骤 3 单击【确定】按钮。

第4章 Outlook Express的使用

Outlook Express 是 Windows 操作系统的一个集收、发、写、管理电子邮件于一身的自带软件，是收、发、写、管理电子邮件的工具。

本章详细讲解 Outlook Express 的启动方法、邮件账号的管理、电子邮件的撰写与发送、邮件的使用、电子邮件的管理与维护、通讯簿的使用。

4.1 认识 Outlook Express

电子邮件（E-mail）是用户或用户组之间通过计算机网络收发信息的服务，使网络用户能够发送或接收文字、图像和语音等多种不同形式的信息。目前电子邮件已成为 Internet 用户之间快速、简便、可靠且成本低廉的现代通信手段，也是 Internet 上使用最广泛、最受欢迎的服务之一。

4.1.1 Outlook Express 的启动方法

Microsoft Outlook Express 是微软公司开发的一个用于收发和管理电子邮件的工具，Outlook Express 已经成为应用最广泛的电子邮件软件之一。

如果要启动 Outlook Express 工作窗口，可选择下列操作方法之一。

1. 通过【开始】按钮启动

单击【开始】按钮→【所有程序】→【Outlook Express】命令，打开 Outlook Express 工作窗口，如图 4-1 所示。

2. 通过桌面快捷方式启动

双击桌面【Outlook Express】图标，打开 Outlook Express 工作界面。

3. 通过快速启动栏启动

单击快速启动栏中的【Outlook Express】图标，打开 Outlook Express 工作界面。

4.1.2 退出 Outlook Express

如果要退出 Outlook Express 工作界面，可选择下列操作之一。

- 单击 Outlook Express 工作界面上的【关闭】按钮。
- 单击【文件】菜单→【关闭】命令。

● 用鼠标右键单击【标题栏】，在弹出的快捷菜单中单击【关闭】命令。

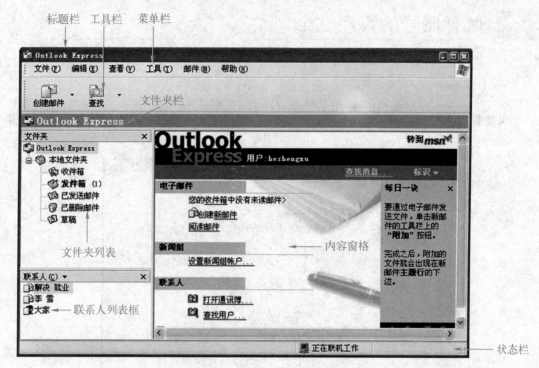

图 4-1　Outlook Express 工作窗口

4.1.3　Outlook Express 的工作界面

● Outlook Express 工作界面分为下列几个部分：标题栏、菜单栏、工具栏、文件夹栏、文件夹列表、内容窗格、联系人列表框、状态栏。

● 标题栏位于 Outlook Express 工作界面的最上端。

● 菜单栏位于标题栏的下方，有【文件】、【编辑】、【查看】、【工具】、【邮件】、【帮助】等 6 个菜单，单击任意菜单都会弹出下拉菜单，其实现的功能也各不相同。

● 工具栏位于菜单栏的下方，通过它可以快速访问最常用的选项。

● 文件夹栏位于工具栏的下方，用于显示用户在文件夹中的当前位置。

● 文件夹列表位于 Outlook Express 工作界面的左侧，显示默认的文件列表和创建的文件列表。

● 内容窗格显示打开文件夹中的内容。

● 联系人列表框用于显示联系人通讯簿中联系人的名称，通过它可以快速地对联系人创建邮件。

● 状态栏位于 Outlook Express 工作界面的最下方，显示选中文件夹的当前状态。

4.2 邮件账号的管理

4.2.1 邮件账号的添加

如果是首次使用 Outlook Express 时，会自动打开【Internet 连接向导】对话框，如图 4-2 所示。

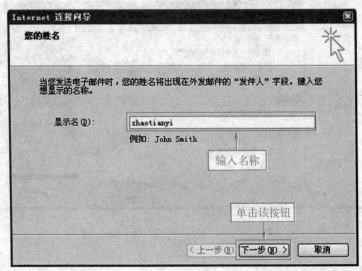

图 4-2 【Internet 连接向导】对话框

如果要添加账户，具体操作步骤如下。

步骤 1 在【显示名】文本框中输入名称，单击【下一步】按钮，打开【Internet 电子邮件地址】界面，如图 4-3 所示。

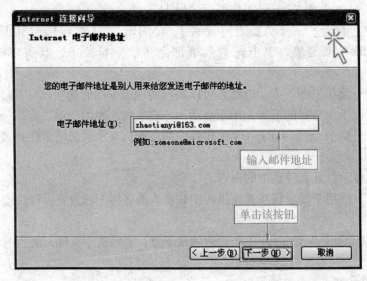

图 4-3 【Internet 电子邮件地址】界面

步骤 2 在【电子邮件地址】文本框中输入邮件地址，如：zhaotianyi@163.com，单击【下一步】按钮，打开【电子邮件服务器名】界面，如图4-4所示。

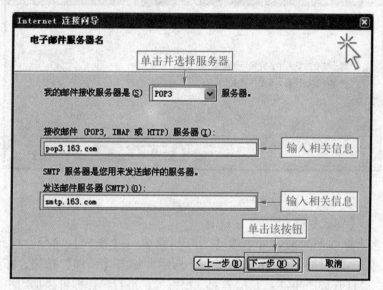

图4-4　【电子邮件服务器名】界面

步骤 3 在【我的邮件接收服务器是】下拉列表中选择服务器，在【接收邮件（POP3，IMAP 或 HTTP）服务器】文本框中输入如"pop3.163.com"信息，在【发送邮件服务器（SMTP）】文本框中输入如"smtp.163.com"信息，单击【下一步】按钮，打开【Internet Mail 登录】界面，如图4-5所示。

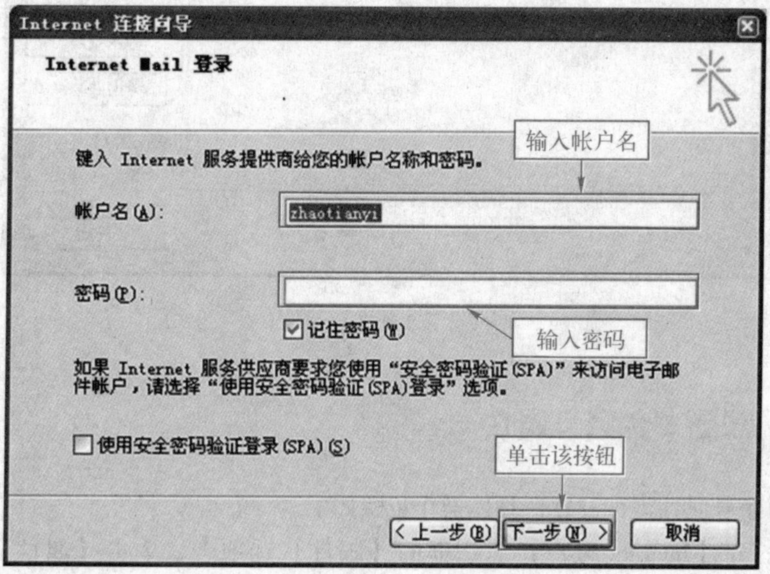

图4-5　【Internet Mail 登录】界面

步骤 4 在【账户名】文本框中输入账户名称，在【密码】文本框中输入密码，可根据需要确定是否选择【使用安全密码验证登录】复选框，单击【下一步】按钮，打开【祝贺

您】界面，如图4-6所示。

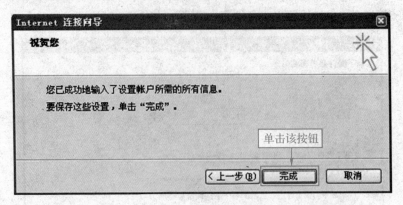

图4-6　【祝贺您】界面

步骤5　单击【完成】按钮。

如果需要多个邮件账户时，可单击【工具】菜单→【账户】命令，打开【Internet 账户】对话框，单击【邮件】选项卡，如图4-7所示，单击【添加】按钮，在弹出的列表中选择【邮件】，可打开如图4-7所示的界面，根据提示进行操作即可添加用户。

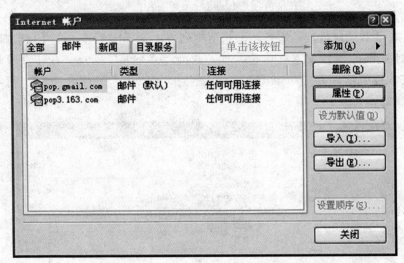

图4-7　【邮件】选项卡

4.2.2　设置邮件账号属性

如果要对账号属性进行设置，具体操作步骤如下。

步骤1　打开【Internet 账户】对话框的【邮件】选项卡，单击【属性】按钮，打开【属性】对话框，如图4-8所示。

步骤2　可单击【常规】、【服务器】、【连接】、【安全】与【高级】选项卡，根据需要进行设置，设置完成后单击【确定】按钮。

步骤3　单击【确定】按钮。

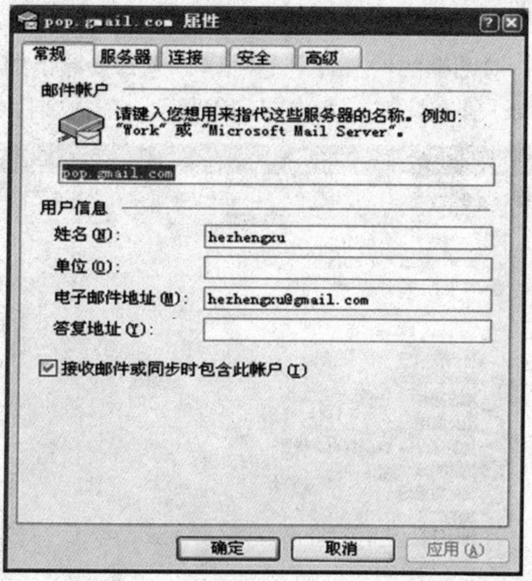

图 4-8 【属性】对话框

4.2.3 邮件账号的导入与导出

如果我们经常使用邮件，应该在每次使用完之后进行备份，以防止重要文件数据的丢失。

1. 账号的导入

打开【Internet 账户】对话框，单击【导入】按钮，打开【导入 Internet 账户】对话框，如图 4-9 所示。选择要导入的邮件，单击【打开】按钮。

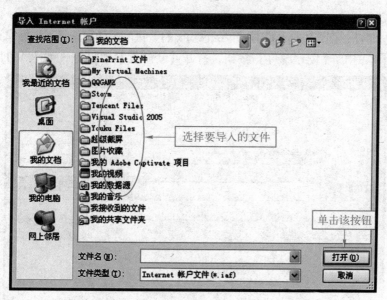

图 4-9 【导入 Internet 账户】对话框

2. 账号的导出

打开【Internet 账户】对话框的"邮件"选项卡，选择要导出的账户，单击【导出】按钮，打开【导出 Internet 账户】对话框，如图 4-10 所示。输入文件名，单击【保存】按钮。

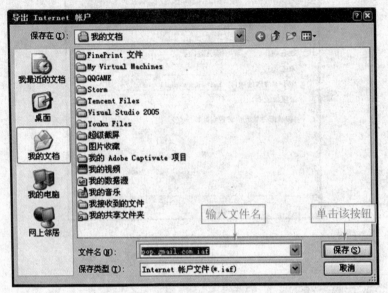

图 4-10　【导出 Internet 账户】对话框

4.3　电子邮件的撰写与发送

4.3.1　打开撰写邮件窗口

如果要撰写邮件，首先应打开撰写邮件的窗口，打开撰写邮件可选择下列操作方法之一。

- 单击工具栏中的【创建邮件】按钮，打开【新邮件】对话框，如图 4-11 所示。

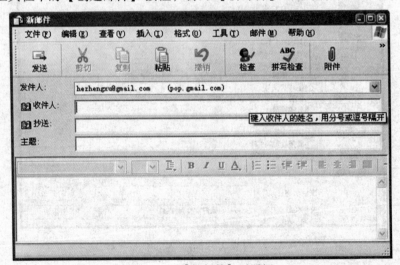

图 4-11　【新邮件】对话框

● 单击【文件】菜单→【创建】→【邮件】命令，打开【新邮件】对话框。

如果收件人在【联系人】列表中，可用鼠标右键单击【联系人】列表中的收件人，在弹出的快捷菜单中选择【发送新邮件】命令或双击联系人列表中的收件人，打开【新邮件】对话框。

4.3.2　撰写邮件

1. 填写邮件头

在【收件人】文本框中输入收件人的电子邮件地址或者是地址簿中代表该邮件地址的人名，如有多个收件人，中间可用逗号或分号隔开。

在【抄送】文本框中输入要将该邮件抄送到的电子邮件地址或者是地址簿中代表该邮件地址的人名，如果有多个，中间可用逗号或分号隔开。

在【主题】文本框中输入该邮件的主题，有助于收件人阅读和分类电子邮件。

2. 书写邮件正文

在正文编辑窗口输入邮件正文，就像平时写信一样。在邮件中应包含对方的称呼、写信的主要事由，最后是签名。在正文编辑窗口区上边有一行工具按钮，用户可以使用这些按钮来设置邮件内容的格式，如字号、字体、颜色等。

4.3.3　添加邮件附件

在【新邮件】窗口中，单击工具栏中【附件】按钮，打开【插入附件】对话框，如图4-12所示，选择所要插入的附件，然后单击【附件】按钮，将该文件当做附件插入到当前编辑的电子邮件中。

图4-12　【插入附件】对话框

插入附件后，在撰写邮件窗口的邮件头中将会增加一行【附件】文本框，该文本框中列出了当前所附加的附件名称及大小，如图4-13所示。

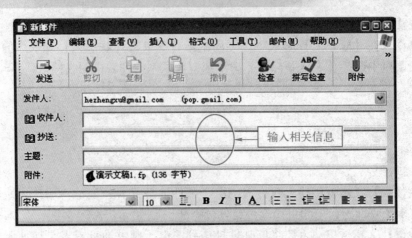

图 4-13　附加的附件名称和大小

4.3.4　邮件背景的设置

1. 信纸的应用

不同的信件可使用不同的信纸，比如写公函应该使用简单的信纸，给朋友写信则可以用有美丽背景的信纸。在 Outlook Express 中撰写电子邮件可以使用五彩缤纷的信纸。

在【新邮件】窗口中单击【格式】菜单→【应用信纸】选项，在其级联菜单中选择合适的信纸类型并单击，在随后的新邮件窗口中就会使用相应的信纸。

2. 背景图片的设置

在【新邮件】窗口中，单击【格式】菜单→【背景】→【图片】命令，打开【背景图片】对话框。单击【浏览】按钮，打开【背景图片】对话框，如图4-14 所示，选择背景图片，单击【打开】按钮，然后再单击【确定】按钮。

图 4-14　【背景图片】对话框

3. 背景颜色的设置

在【新邮件】窗口中，单击【格式】菜单→【背景】→【颜色】命令，在弹出的级联菜单中选择需要的颜色。

4. 背景声音的设置

在【新邮件】窗口中，单击【格式】菜单→【背景】→【声音】命令，打开【背景音乐】对话框，如图4-15所示。单击【浏览】按钮，打开【背景音乐】查找对话框，如图4-16所示。选择要添加的背景音乐，单击【打开】按钮，然后再单击【确定】按钮。

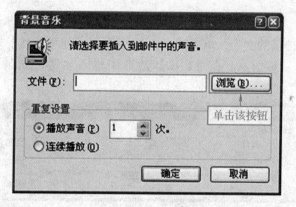

图4-15 【背景音乐】对话框

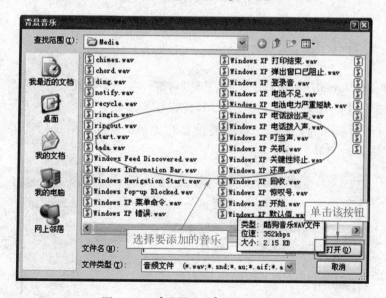

图4-16 【背景音乐】查找对话框

5. 插入图片

在【新邮件】窗口中，单击【插入】菜单→【图片】命令或单击工具栏中的【插入图片】按钮，打开【图片】对话框，如图4-17所示。单击【浏览】按钮，选择要添加的图片，根据需要对【布局】与【间隔】进行设置，设置完成后单击【确定】按钮。

图 4-17 【图片】对话框

6. 插入超链接

选择需要添加超链接的文字，单击【插入】菜单→【超级链接】命令，打开【超级链接】对话框，如图 4-18 所示。在【URL】地址中输入要链接到的地址，单击【确定】按钮。

图 4-18 【超级链接】对话框

4.3.5 邮件格式的设置

在 Outlook Express 邮件编辑器中，我们可以对邮件中的字体效果进行设置。

如果要对邮件中的部分字体进行设置，具体操作步骤如下。

打开【新邮件】窗口，选中要设置的文字，单击【格式】菜单→【字体】命令，打开【字体】对话框，如图 4-19 所示。

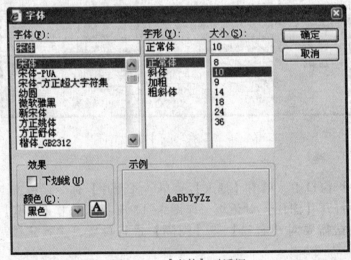

图 4-19 【字体】对话框

步骤2 根据需要进行设置，设置完成后单击【确定】按钮。

要对文件中的文字进行设置，也可以单击工具栏中的按钮进行设置，这种方法可以快速地对文字进行设置。

4.3.6 邮件的保存与发送

1. 保存邮件

在【新邮件】窗口中，单击【文件】菜单→【保存】命令，打开【已经保存的邮件】对话框，如图4-20所示，单击【确定】或【关闭】按钮，即可将当前正在撰写的邮件保存到【草稿】文件夹中，然后可以关闭新邮件编辑窗口。

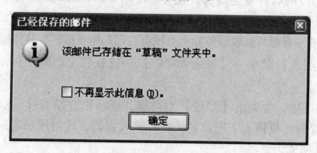

图4-20 【已经保存的邮件】对话框

当要继续撰写尚未完成的电子邮件时，启动Outlook Express，单击文件夹栏中的【草稿】文件夹，然后在邮件列表窗格中双击要继续撰写的邮件，在出现的邮件编辑窗口中即可继续编辑。

2. 发送邮件

发送邮件分为立即发送和以后发送两种方式。

写完一封邮件后，可以在邮件编辑窗口的工具栏中单击【发送】按钮，Outlook Express会自动连接邮件服务器，将其立即发送。

还可以在【新邮件】窗口中单击【文件】菜单→【以后发送】命令，打开【发送邮件】对话框，如图4-21所示。将电子邮件放在【发件箱】文件夹中，等到下一次单击【发送/接收】按钮时，将【发件箱】中所有的邮件一次发送。

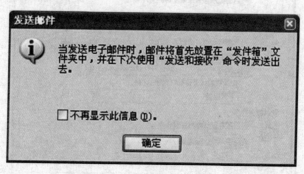

图4-21 【发送邮件】对话框

4.4　邮件的使用

4.4.1　邮件的接收

如果把电子邮件的收件服务器对应于接收信件的邮局，电子邮件的收件箱对应于日常生活中的信箱的话，电子邮件系统跟日常的邮政系统仍有一点区别，其他用户发来的电子邮件并不是直接送到用户的收件箱里，而是保存在电子邮件的收件服务器中。在【连接向导】中正确设置了电子邮件的收件服务器后，就可以使用 Outlook Express 接收电子邮件了。

通常 Outlook Express 启动后会自动连接到邮件接收服务器，并将用户的邮件取回。如果启动 Outlook Express 后想看一看邮件接收服务器上有没有自己的电子邮件，具体操作步骤如下。

步骤1 单击【工具】菜单→【发送和接收】→【接收全部邮件】命令，即可与服务器建立连接。

步骤2 建立连接后，会弹出【登录】对话框，提示用户输入登录信息，即用户名和密码。通常用户在设置时，只输入了用户名，没有输入密码，这时用户名是默认的，而只需在【登录】对话框输入密码。

步骤3 当检测到新邮件时，即开始下载所有新邮件。

Outlook Express 还提供了按照一定的时间间隔自动接收邮件的功能，具体方法如下。

单击【工具】菜单→【选项】命令，打开【选项】对话框的【常规】选项卡，如图 4-22 所示。在【发送/接收邮件】设置区中选中【每隔（　）分钟检查一次新邮件】复选框，在调节框中设置检查邮件的时间间隔。这样，Outlook Express 将按用户设定的时间间隔，自动检测有无新邮件到达，如果有邮件，则将其接收。

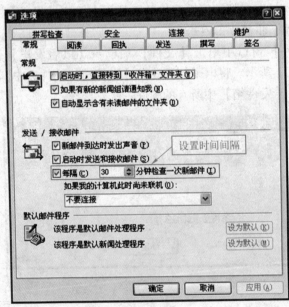

图 4-22　【常规】选项卡

4.4.2　阅读邮件

在接收到新邮件后，单击 Outlook Express 窗口中的【收件箱】文件夹。在邮件列表窗格中单击想要阅读的邮件，就可以在下面的邮件预览窗格中阅读该邮件。

在邮件列表窗格中双击想要阅读的邮件，将打开单独的窗口浏览该邮件，如图 4-23 所示。一封电子邮件一般分为两部分：邮件头和邮件体。邮件头可以说是信封，含有发件人、收件人的地址以及信件的主题等，邮件体则是邮件的正文。

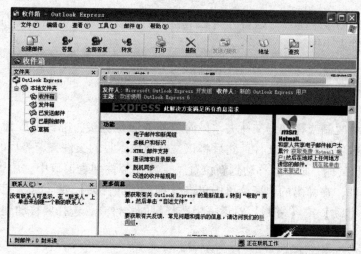

图 4-23　在单独的窗口浏览邮件

如果收到的是带有附件的电子邮件，则在 Outlook Express 的邮件列表窗格的附件中会看到有一个【回形针】图标，表明该邮件带有附件。在邮件预览窗格的标题栏左端也会看到一个【回形针】图标。单击该图标即弹出一个菜单，从中选择附件的文件名选项可以查看附件的内容。单击弹出菜单中的【保存邮件】命令可以将该附件保存到本地计算机的硬盘中。

4.4.3　邮件的回复与转发

为收到的电子邮件写回信，可使用 Outlook Express 中的回复功能。在邮件列表窗格中选中需要回复的邮件，然后单击工具栏中的【答复】按钮即可。用户可以利用转发功能，将信转发给他人。在邮件列表窗口中选择需要转发的邮件，然后单击工具栏中的【转发】按钮。在出现的转发窗口中输入每一位收件人的电子邮件地址，输入邮件内容，然后单击工具栏中的【发送】按钮。

4.5　电子邮件的管理与维护

4.5.1　删除邮件

在邮件列表中，选择要删除的邮件，单击工具栏中的【删除】按钮，然后邮件被转移

到【已删除邮件】文件夹。其实这些邮件并没有被真正删除，要彻底删除邮件，还要将【已删除邮件】文件夹里的邮件再次删除，打开【Outlook Express】对话框，如图4-24所示，单击【是】按钮，才能永久地（不可恢复）删除这些邮件。

图4-24 【Outlook Express】对话框

4.5.2 恢复已删除邮件

要恢复已删除的本地邮件，请打开【已删除邮件】文件夹，然后将邮件复制或拖放到收件箱或其他文件夹中即可。

4.5.3 将邮件复制或移动到文件夹

如果要将邮件复制或移动到文件夹，最简单的办法是直接将邮件拖放到目的文件夹里，就是用鼠标左键按住要移动的文件，然后将该文件拖放到目的文件夹，等目的文件夹变蓝后（反色显示）放开鼠标，邮件就移动到新位置了，或在邮件列表窗口中，用鼠标右键单击要移动或复制的邮件，在弹出的快捷菜单中单击【移动到文件夹】或【复制到文件夹】选项，然后在打开的【移动】或【复制】对话框中选择目的文件夹，选择要移动到的文件夹。

4.5.4 邮件规则的使用

设置邮件规则，根据设定的规则条件将邮件分别存放在不同的目录里以方便管理。邮件规则的创建可以通过单击【工具】→【邮件】命令或通过单击【邮件】→【从邮件创建规则】命令来实现。其具体操作步骤如下。

单击【工具】菜单→【邮件规则】→【邮件】命令，打开【新建邮件规则】对话框，如图4-25所示。

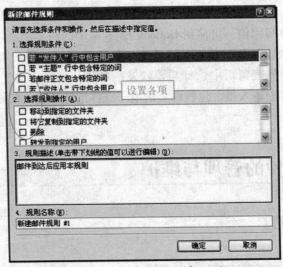

图4-25 【新建邮件规则】对话框

在【选择规则条件】列表框中选中需要的复选框以确定规则条件（至少选择一个条件）。

可以单击多个复选框来为一个规则指定多个条件。如果选择了多个条件，在【规则描述】列表框中单击【和】超链接，打开【和/或】对话框，如图 4-26 所示，指定是必须满足所有条件还是至少满足一个条件。

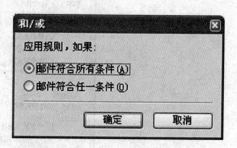

图 4-26 【和/或】对话框

在【选择规则操作】列表框中选择所需的复选框，以确定相应的操作，如移动到指定文件夹、发送给其他用户或是删除（至少选择一个条件）。

在【规则描述】列表框中单击带下划线的超链接，以指定规则的条件或操作。如在【规则描述】列表框中单击【包含用户】或【包含特定的词】超链接，打开【键入特定文字】对话框，如图 4-27 所示。在【键入特定文字】对话框中指定 Outlook Express 在邮件中查找的人或词，然后单击【添加】按钮，指定关键词。

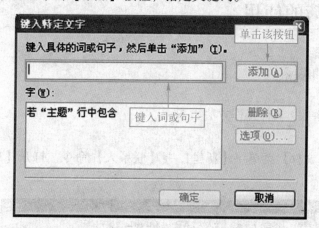

图 4-27 【键入特定文字】对话框

在【规则名称】文本框中输入规则的新名称，单击【确定】按钮。

4.5.5 窗格布局的设置

如果要对窗格布局进行设置，具体操作步骤如下。

打开【Outlook Express】窗口，单击【查看】菜单→【布局】命令，打开【窗口布局 属性】对话框，如图 4-28 所示。

在【基本】设置区中，可以显示或隐藏 Outlook Express 的某些组件，单击【自定义工具栏】按钮可对工具栏进行设置。在【预览窗格】设置区中，可以对显示的窗格进行设置。

设置完成后，单击【确定】按钮。

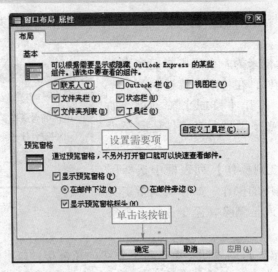

图 4-28 【窗口布局 属性】对话框

4.6 **通讯簿的使用**

4.6.1 添加联系人

如果要添加联系人，具体操作方法如下。

方法 1

步骤 1 单击【文件】菜单→【新建】→【联系人】命令，打开【属性】对话框，如图 4-29 所示。

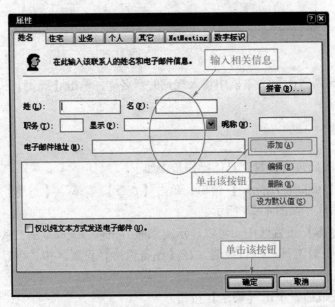

图 4-29 【属性】对话框

步骤 2 可根据需要，填写联系人信息的详细程度，有些信息为必填信息，完成后单击【添加】按钮，然后单击【确定】按钮。

方法2

步骤 1 单击【工具】菜单→【通讯簿】命令，打开【通讯簿－主标识】对话框，如图4-30所示。

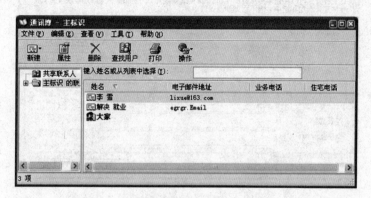

图4-30 【通讯簿－主标识】对话框

步骤 2 单击【文件】菜单→【新建联系人】命令，打开【属性】对话框。

步骤 3 可根据需要，填写联系人信息的详细程度，有些信息为必填信息，完成后单击【添加】按钮，然后单击【确定】按钮。

方法3

步骤 1 单击左窗格中的【联系人】右侧的下拉箭头，在弹出的列表中选择【新建联系人】，打开【属性】对话框，如图4-29所示。

步骤 2 可根据需要，填写联系人信息的详细程度，有些信息为必填信息，完成后单击【添加】按钮，然后单击【确定】按钮。

4.6.2 添加联系人组

联系人组是由多个联系人所组成的，当给一个组发送邮件时，所有的组成员都会收到发送的邮件。

如果经常给一些人发送同样的邮件，我们可以给这些人创建一个组。

如果要创建一个联系人组，具体操作步骤如下。

步骤 1 打开【Outlook Express】窗口，单击【工具】菜单→【通讯簿】命令，打开【通讯簿－主标识】对话框。

步骤 2 单击【文件】菜单→【新建组】命令，打开【属性】对话框，如图4-31所示。

步骤 3 在【组名】文本框中输入要创建的组名，单击【选择成员】按钮，打开【选择组成员】对话框，如图4-32所示。

步骤 4 在姓名列表中选择一个联系人，单击【选择】按钮，添加完成后单击【确定】按钮。

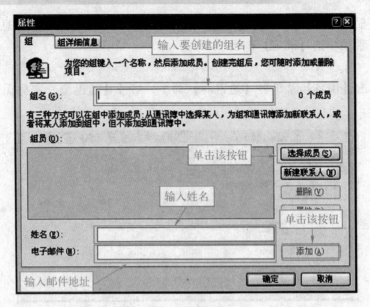

图 4-31 【属性】对话框

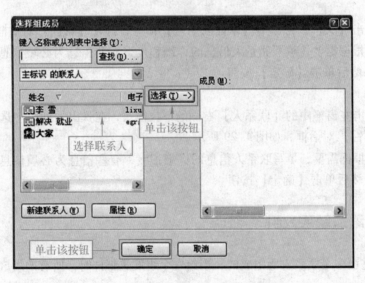

图 4-32 【选择组成员】对话框

在【姓名】文本框中输入一个收件人的姓名，在【电子邮件】文本框中输入邮件地址，单击【添加】按钮。

单击【确定】按钮。

4.6.3 在通讯簿中选择收件人

在邮件编辑完成后，如果要发送，需要选择收件人，其具体操作步骤如下。

单击【工具】菜单→【选择收件人】命令或单击【收件人】按钮，打开【选择收件人】对话框，如图 4-33 所示。

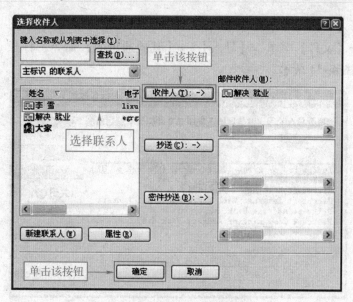

图 4-33 【选择收件人】对话框

选择收件人，单击【收件人】按钮。

单击【确定】按钮。

4.6.4 在通讯簿中查找联系人

打开【新邮件】对话框，单击【编辑】菜单→【查找】→【个人】命令，打开【查找用户】对话框，如图 4-34 所示。在【姓名】文本框中输入要查找的姓名，单击【开始查找】按钮。

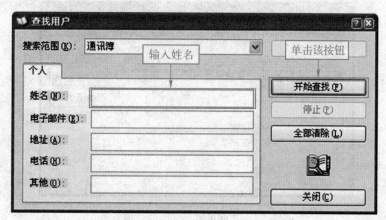

图 4-34 【查找用户】对话框

4.6.5 通讯簿的导入与导出

1）如果要导入其他通讯簿，具体操作步骤如下。

步骤 1 打开【Outlook Express】窗口。

步骤 2 单击【文件】菜单→【导入】→【其他通讯簿】命令，打开【通讯簿导入工具】对话框，如图4-35所示。

图4-35 【通讯簿导入工具】对话框

步骤 3 选择要导入的通讯簿，单击【导入】按钮，打开【通讯簿】提示对话框，如图4-36所示。

步骤 4 单击【确定】按钮。

2）如果要导出通讯簿，具体操作步骤如下。

步骤 1 打开【Outlook Express】窗口。

步骤 2 单击【文件】菜单→【导出】→【通讯簿】命令，打开【通讯簿导出工具】对话框，如图4-37所示。

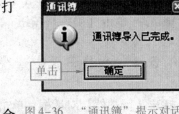

图4-36 "通讯簿"提示对话框

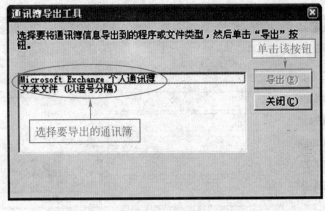

图4-37 【通讯簿导出工具】对话框

步骤 3 选择要导出的通讯簿，单击【导出】按钮，打开【CSV 导出】对话框，如图4-38所示。

步骤 4 单击【浏览】按钮，打开【另存为】对话框。

步骤 5 选择要保存的位置，单击【保存】按钮。

步骤 6 单击【下一步】按钮，然后单击【完成】按钮。

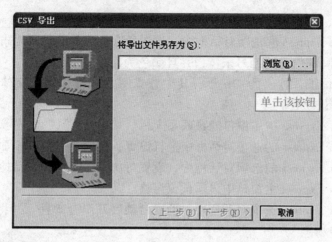

图4-38 【CSV 导出】对话框

4.7 上机练习

1. 在当前状态下，Outlook Express 界面布局下取消"文件夹栏"列表，并添加"Outlook 栏"列表。

2. 1）在 Outlook Express 工具栏的"地址"前添加"取消"按钮。

2）删除工具栏中"取消"按钮前的"分隔符"。

3. 在 Outlook Express 中将收件箱的视图定义设置为"隐藏已读或忽略的邮件"。

4. 对收件箱创建一个新自定义视图，"新建视图"定义为"若邮件标记为优先级"则隐藏邮件，并设置其优先级为"低优先级"。

5. 将收件箱中创建的"我的视图"改为若邮件已读则"显示邮件"。

6. 将收件箱的"显示所有邮件"视图应用于所有文件夹。

7. 设置 Outlook Express 使其每隔 10 分钟检查一次新邮件，如果新邮件到达时发出声音。

8. 在 Outlook Express 中自定义一个新的当前邮件视图，仅显示带附件的邮件。

9. 在 Outlook Express 工具栏上添加"联系人"按钮图标。

10. 设置 Outlook Express 在启动时，直接转到"收件箱"文件夹，并自动显示含有未读邮件的文件夹。

11. 在 Outlook Express 中，默认情况下电子邮件在打开若干秒后会自动标记为"已读"，请使用系统菜单取消自动标记设置。

12. 在 Outlook Express 阅读新邮件时，设置每次获取的邮件标头数为200。

13. 设置阅读邮件使用的默认编码为"简体中文（HZ）"，并将此编程应用于所有接收的邮件。

14. 在 Outlook Express 中，已经创建一个显示名为 pop3.@126.com 的邮件账号，设置其发送超过 1MB 的邮件时要拆分。

15. 创建一个文件型签名，签名文件位于"我的文档"文件夹下，文件名为"夕阳"。

16. 在 Outlook Express 的选项对话框中，设置所有发送的邮件都要求提供阅读回执。

17. 设置在撰写邮件时用四号宋体，并且颜色为红色。

18. 创建一封信纸，姓名为"red"，其中背景图片垂直平铺，字体颜色为黄色，斜体，其他选项按默认设置。

19. 在 Outlook Express 中主窗口隐藏联系人栏。

20. 在 Outlook Express 的选项对话框中进行设置，使回复对象不添加到通讯簿中。

21. 在 Outlook Express 的选项对话框中，设置每次发送邮件前自动检查拼写。

22. 在 Outlook Express 主窗口中显示预览窗格。

23. 在 Outlook Express 选项对话框中，设置自动展开组合邮件，并将突出显示被跟踪的邮件标志为"艳粉色"。

上机操作提示（具体操作详见随书光盘中【手把手教学】第 4 章 1~23 题）

1. 步骤1 单击【查看】菜单→【布局】命令，打开【窗口布局 属性】对话框。

步骤2 取消选中【文件夹栏】复选框，选中【Outlook 栏】复选框，单击【确定】按钮。

2. 步骤1 单击【查看】菜单→【布局】命令，打开【窗口布局 属性】对话框。

步骤2 单击【自定义工具栏】按钮，打开【自定义工具栏】对话框。

步骤3 单击左侧的【取消】，单击右侧的【地址】，单击【添加】按钮。

步骤4 单击右侧的【分隔符】，单击【删除】按钮。

步骤5 单击【关闭】按钮。

步骤6 单击【确定】按钮。

3. 步骤1 单击【文件夹】窗格中的【收件箱】，单击【查看】菜单→【当前视图】→【隐藏已读或忽略的邮件】命令。

4. 步骤1 单击【文件夹】窗格中的【收件箱】，单击【查看】菜单→【当前视图】→【定义视图】命令，打开【定义视图】对话框。

步骤2 单击【新建】按钮，打开【新建视图】对话框。

步骤3 选中【选择视图条件】列表框中的【若邮件标记为优先级】复选框，单击【查看描述】列表中的【优先级】，打开【设置优先级】对话框。

步骤4 选中【低优先级邮件】单选框，单击【确定】按钮。

步骤5 单击【查看描述】列表框中的【显示/隐藏】，打开【显示/隐藏邮件】对话框。

步骤6 选中【隐藏邮件】单选钮，单击【确定】按钮。

步骤7 修改【视图名称】文本框中的内容为【新建视图】，单击【确定】按钮。

步骤8 单击【确定】按钮。

5. 步骤1 单击【文件夹】窗格中的【收件箱】，单击【查看】菜单→【当前视图】→【定义视图】命令，打开【定义视图】对话框。

步骤2 单击【姓名】列表中的【我的视图】，单击【修改】按钮，打开【编辑视图】对话框。

步骤3 单击【查看描述】列表中的【尚未阅读】，打开【设置阅读状态】对话框。

步骤3 选中【邮件已阅读】单选钮，单击【确定】按钮。

步骤4 单击【查看描述】列表框中的【隐藏】，打开【显示/隐藏邮件】对话框。

步骤5 单击【显示邮件】单选钮，单击【确定】按钮。

步骤6 依次单击【确定】按钮。

6. **步骤1** 单击【查看】菜单→【当前视图】→【定义视图】命令，打开【定义试图】对话框。

步骤2 单击【姓名】列表中的【显示所有邮件】，单击【应用视图】按钮，打开【应用视图】对话框。

步骤3 选中【我的所有文件夹】单选钮，单击【确定】按钮。

步骤4 单击【确定】按钮。

7. **步骤1** 单击【工具】菜单→【选项】命令，打开【选项】对话框。

步骤2 选中【新邮件到达时发出声音】复选框，选中【每隔】复选框，修改【每隔】为【10】，单击【确定】按钮。

8. **步骤1** 单击【查看】菜单→【当前视图】→【自定义当前视图】命令，打开【自定义当前视图】对话框。

步骤2 选中【若邮件带有附件】复选框，单击【确定】按钮。

9. **步骤1** 单击【查看】菜单→【布局】命令，打开【窗口布局 属性】对话框。

步骤2 单击【自定义工具栏】按钮，打开【自定义工具栏】对话框。

步骤3 单击左侧的【联系人】，单击【添加】按钮。

步骤4 依次单击【关闭】按钮。

10. **步骤1** 单击【工具】菜单→【选项】命令，打开【选项】对话框。

步骤2 选中【启动时，直接转到"收件箱"文件夹】复选框，选中【自动显示含有未读邮件的文件夹】复选框，单击【确定】按钮。

11. **步骤1** 单击【工具】菜单→【选项】命令，打开【选项】对话框。

步骤2 单击【阅读】选项卡，取消选中【在显示邮件】复选框。

步骤3 单击【确定】按钮。

12. **步骤1** 单击【工具】菜单→【选项】命令，打开【选项】对话框。

步骤2 单击【阅读】选项卡，选中【每次获取】复选框，修改【每次获取】数值框内容为【200】。

步骤3 单击【确定】按钮。

13. **步骤1** 单击【工具】菜单→【选项】命令，打开【选项】对话框。

步骤2 单击【阅读】选项卡，单击【字体】按钮，打开【字体】对话框。

步骤3 单击【编码】下拉框，在弹出的列表中选择【简体中文（HZ）】，单击【设为默认值】按钮。

步骤4 单击【确定】按钮。

步骤5 单击【国际设置】按钮，打开【邮件阅读国际设置】对话框。

步骤6 选中【为接受的所有邮件使用默认编码】复选框，单击【确定】按钮。

步骤7 单击【确定】按钮。

14. **步骤1** 单击【工具】菜单→【账户】命令，打开【Internet 账户】对话框。

步骤2 单击列表中的【pop3. @ 126. com】，单击【属性】按钮，打开【pop3. @ 126. com 属性】对话框。

步骤3 单击【高级】选项卡，选中【拆分大于】复选框，修改【拆分大于】数值框内容为【1024】，单击【确定】按钮。

步骤4 单击【关闭】按钮。

15. **步骤1** 单击【工具】菜单→【选项】命令，打开【选项】对话框。

步骤2 单击【签名】选项卡，单击【新建】按钮，选中【文件】单选钮，单击【浏览】按钮，打开【打开】对话框。

步骤3 单击【文件类型】下拉框，在弹出列表中选择【所有文件】，单击【夕阳. jpg】。

步骤4 单击【打开】按钮。

步骤5 单击【确定】按钮。

16. **步骤1** 单击【工具】菜单→【选项】命令，打开【选项】对话框。

步骤2 单击【回执】选项卡，选中【所有发送的邮件都要求提供阅读回执】复选框，单击【确定】按钮。

17. **步骤1** 单击【工具】菜单→【选项】命令，打开【选项】对话框。

步骤2 单击【撰写】选项卡，单击【字体设置】按钮，打开【字体】对话框。

步骤3 单击【大小】列表框中的【四号】，单击【颜色】列表框，在弹出的列表中选择【红色】。

步骤4 依次单击【确定】按钮。

18. **步骤1** 单击【工具】菜单→【选项】命令，打开【选择信纸】对话框。

步骤2 单击【创建信纸】按钮，打开【欢迎使用信纸向导】界面。

步骤3 单击【下一步】按钮，打开【背景】界面。

步骤4 单击【平铺】下拉框，在弹出的列表中选择【垂直地】。

步骤5 单击【下一步】按钮，打开【字体】界面。

步骤6 单击【颜色】下拉框，在弹出的列表中选择【黄色】，选中【斜体】复选框。

步骤7 单击【下一步】按钮，打开【页边距】界面。

步骤8 在【姓名】文本框中输入"red"，单击【完成】按钮。

步骤9 单击【确定】按钮。

19. **步骤1** 单击【查看】菜单→【布局】命令，打开【窗口布局 属性】对话框。

步骤2 取消选中【联系人】复选框，单击【确定】按钮。

20. **步骤1** 单击【工具】菜单→【选项】命令，打开【选项】对话框。

步骤2 单击【发送】选项卡，取消选中【自动将我的回复对象添加到通讯簿】复选框。

步骤3 单击【确定】按钮。

21. 单击【工具】菜单→【选项】命令，打开【选项】对话框。

单击【拼写检查】选项卡，选中【每次发送前自动检查拼写】复选框。

单击【确定】按钮。

22. 单击【查看】菜单→【布局】命令，打开【窗口布局 属性】对话框。

选中【显示预览窗格标头】复选框，单击【应用】按钮。

单击【确定】按钮。

23. 单击【工具】菜单→【选项】命令，打开【选项】对话框。

单击【阅读】选项卡，选中【自动展开组合邮件】复选框，单击【突出显示被跟踪的邮件列表框】，在弹出的列表中选择【艳粉色】。

单击【确定】按钮。

第5章　FTP客户端软件的使用

FTP（File Transfer Protocol）是 Internet 上用来传送文件的协议。用户可以通过 FTP 客户端软件实现本地计算机与服务器之间的文件上传与下载。

本章详细讲解 FTP 基础知识、CuteFTP 软件的基础、FTP 站点的管理、文件的上传与下载、管理文件和文件夹、设置 CuteFTP 的属性。

5.1　FTP 基础知识

FTP 是一种最重要、用途最广泛的 Internet 服务。这种卓越的服务可以使用户从 Internet 的上千种计算机上复制文件。这些存储在计算机上的文件包含着各种各样的信息。

5.1.1　FTP 简介

FTP 这个词是文件传送协议的缩写（File Transfer Protocol），它的主要作用就是让用户连接上一台所希望浏览的远程计算机。这台计算机必须运行着 FTP 服务器程序，并且存储着很多有用的文件，其中包括计算机软件、图像文件、重要的文本文件、声音文件等等。这样的计算机称为 FTP 站点或 FTP 服务器。通过 FTP 程序，用户可以查看到 FTP 服务器上的文件。FTP 是在 Internet 上传送文件规定的基础。FTP 是一种服务，它可以在 Internet 上，使得文件可以从一台 Internet 主机传送到另一台 Internet 主机上，通过这种方式，主要靠 FTP 把 Internet 中的主机相互联系在一起。

像大多数的 Internet 服务一样，FTP 使用客户机/服务器系统，在使用一个名叫 FTP 的客户机程序时，就和远程主机上的服务程序相连了。当从远程计算机上复制文件到自己的计算机上时，称为【下载】（downloading）文件；当从计算机上复制文件到远程计算机上时，称为【上传】（uploading）文件。

当谈及 FTP 时，我们使用和 Telent 相同的术语。计算机叫做本地主机，其他的计算机叫做远程主机。在 Internet 语言中，这个 FTP 客户机程序允许向远程主机发送或接收文件。

当使用 FTP 程序时，录入 FTP 命令和想要连接的远程主机的地址。一旦程序开始，就可以录入命令复制文件。当使用 FTP 时，有很多命令都可以使用。例如可以查询远程计算机上的目录，并且可以变换目录。

5.1.2　FTP 工作原理

FTP 也是基于 C/S 模式而设计的。在进行 FTP 操作的时候，既需要客户应用程序，也需要服务器端程序。我们一般先在自己的计算机中执行 FTP 客户应用程序，在远程服务器中执行 FTP 服务器应用程序，这样就可以通过 FTP 客户应用程序和 FTP 进行连接。连接成功后，可以进行各种操作。在 FTP 中，客户机只提出请求和接收服务，服务器只接收请求和执行服务。

在利用 FTP 进行文件传输之前，用户必须先连入 Internet 网中，在用户自己的计算机上启动 FTP 用户应用程序，并且利用 FTP 应用程序和远程服务器建立连接，激活远程服务器上的 FTP 服务器程序。准备就绪后，用户首先向 FTP 服务器提出文件传输申请，FTP 服务器找到用户所申请的文件后，利用 TCP/IP 将文件的副本传送到用户的计算机上，用户的 FTP 程序再将接收到的文件写入自己的硬盘。文件传输完后，用户计算机与服务器计算机的连接自动断开。

与其他的 C/S 模式不同的是，FTP 协议的客户机与服务器之间需要建立双重连接：一个是控制连接，另一个是数据连接。这样在建立连接时就需要占用两个通信信道。

5.2　CuteFTP 软件的基础

5.2.1　认识 CuteFTP 窗口

双击桌面 CuteFTP 图标，启动 CuteFTP，打开【CuteFTP】窗口，如图 5-1 所示。【CuteFTP】窗口介绍如下。

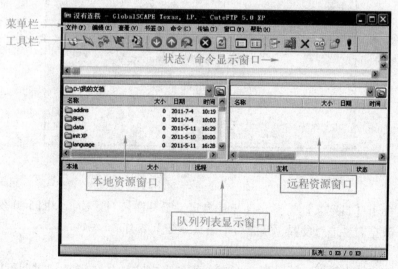

图 5-1　【CuteFTP】窗口

- 菜单栏：主要包括【文件】、【编辑】、【查看】、【书签】、【命令】、【传输】、【窗口】和【帮助】等菜单项，通过单击菜单项的下拉菜单进行相应操作。
- 工具栏：工具栏中的按钮都是以图形体现的，当鼠标移至图形上时，就会显示其命令。
- 快速连接栏：用于连接对应的站点，快速连接栏是独立的功能栏，单击工具栏中的【快速连接】按钮 ，就会显示快速连接栏，当连接 FTP 站点之后就会自动隐藏。
- 状态/命令显示窗口：用于显示计算机通信的信息状态。
- 本地资源窗口：用于显示当前本地目录的文件及文件夹列表。
- 远程资源窗口：用于显示当前远程目录状态的文件列表。
- 队列列表显示窗口：用于显示上传或下载任务队列的文件列表。

5.2.2 设置工具栏

1）如果现在显示工具栏，要设置工具栏进入隐藏状态，具体操作步骤如下。

步骤：单击【查看】菜单→【工具栏】命令，或用鼠标右键单击工具栏，在弹出的列表中选择【隐藏】，即可将工具栏隐藏。

2）如果要自定义工具栏中的按钮，具体操作方法如下。

方法1

步骤 1 单击【编辑】菜单→【设置】命令，打开【设置】对话框，单击左窗格中的显示，如图 5-2 所示。

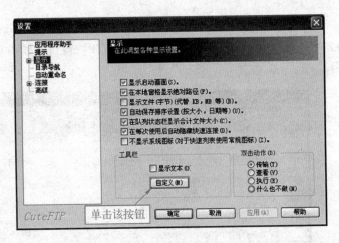

图 5-2 【设置】对话框

步骤 2 单击【自定义】按钮，打开【自定义工具栏】对话框，如图 5-3 所示。

步骤 3 根据需要进行设置，完成后单击【确定】按钮。

方法2

步骤 1 用鼠标右键单击工具栏，在弹出的列表中选择【自定义】，打开【自定义工具栏】对话框，如图 5-3 所示。

步骤2 根据需要进行设置，完成后单击【确定】按钮。

图 5-3 【自定义工具栏】对话框

5.2.3 设置快速连接栏

1）如果现在隐藏了快速连接栏，要显示快速连接栏，具体操作方法如下。

方法1 单击【查看】菜单→【快速连接栏】命令。

方法2 单击工具栏中的【快速连接】按钮。

2）如果要设置连接，具体操作步骤如下。

步骤1 在快速连接栏中输入主机、用户名、密码和端口号。

步骤2 单击快速连接栏中的【设置】按钮，打开【设置】对话框，如图5-4所示。

步骤3 根据需要进行设置，完成后单击【确定】按钮。

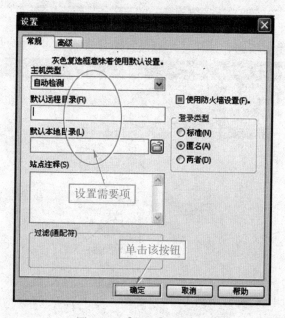

图 5-4 【设置】对话框

5.3　FTP 站点的管理

5.3.1　添加和删除 FTP 站点

1）如果要添加 FTP 站点，具体操作方法如下。

方法 1

步骤 1　单击【文件】菜单→【站点管理器】命令或单击工具栏中的【站点管理器】按钮，打开【站点管理器】对话框，如图 5-5 所示。

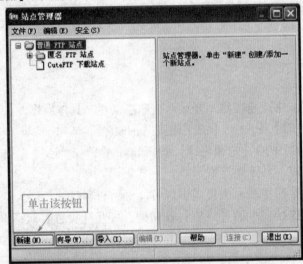

图 5-5　【站点管理器】对话框

步骤 2　单击【新建】按钮，打开【站点设置新建站点】对话框，如图 5-6 所示。

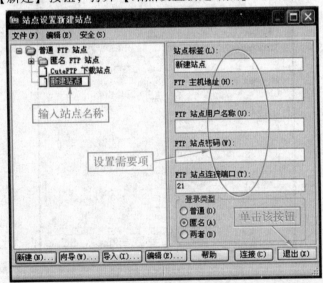

图 5-6　【站点设置新建站点】对话框

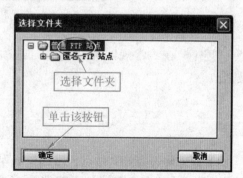 在左窗格中输入站点名称，并在右窗格中输入【站点标签】、【FTP 主机地址】、【FTP 站点密码】和【FTP 站点连接端口】，单击【退出】按钮。

方法2

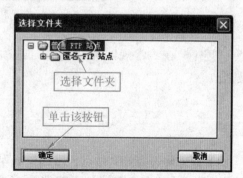 单击【文件】菜单→【连接向导】命令，打开【CuteFTP 连接向导】对话框，如图 5-7 所示。

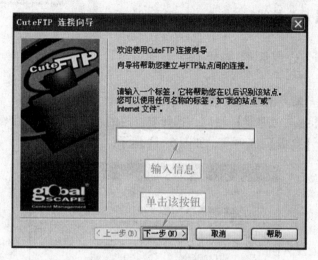

图 5-7　【CuteFTP 连接向导】对话框

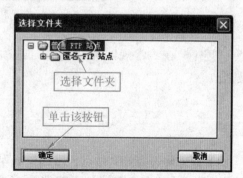 在文本框中输入信息，单击【下一步】按钮，并根据提示完成后续操作，即可完成 FTP 站点的添加。

方法3

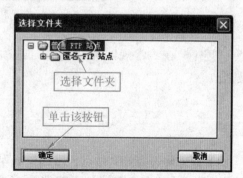 在快速连接栏中输入站点的登录信息，单击【添加到站点管理器】按钮，打开【新项目的名称】对话框，如图 5-8 所示。

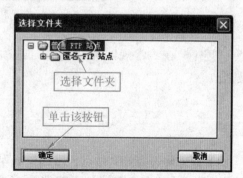 在文本框中输入名称，单击【确定】按钮，打开【选择文件夹】对话框，如图 5-9 所示。

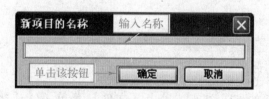

图 5-8　【新项目的名称】对话框

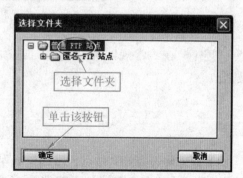

图 5-9　【选择文件夹】对话框

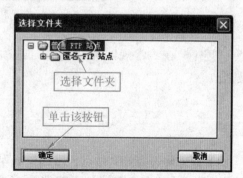 选择文件夹，单击【确定】按钮。

2）如果要删除 FTP 站点，具体操作步骤如下。

 在 CuteFTP 窗口中单击【文件】菜单→【站点管理器】命令，打开【站点管理

器】对话框。

步骤2 选择左侧要删除的站点，单击【编辑】菜单→
【删除】命令，或用鼠标右键单击要删除的站点，在弹出的
列表中选择【删除】，打开【CuteFTP】对话框，如图5-10
所示。

步骤3 单击【是】按钮。

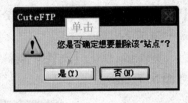

图5-10　【CuteFTP】对话框

5.3.2　FTP站点属性的修改

如果要修改FTP站点的属性，具体操作步骤如下。

步骤1 打开【站点管理器】窗口，选择要修改的站点，单击【编辑】按钮，打开【设
置】对话框，单击【高级】选项卡，如图5-11所示。

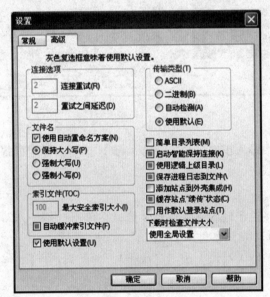

图5-11　【高级】选项卡

步骤2 在"常规"和"高级"选项卡中根据需要进行设置，完成后单击【确定】
按钮。

5.3.3　FTP站点的连接与断开

1）如果要连接FTP站点，可选择下列操作之一。
- 选择【站点管理器】左窗格中要连接的FTP站点，单击【文件】菜单→【连接】
  命令。
- 选择【站点管理器】左窗格中要连接的FTP站点，单击【连接】按钮。
- 用鼠标右键单击要连接的FTP站点，在弹出的快捷菜单中选择【连接】。
- 在快速连接栏中输入登录站点的相关信息，单击快速连接栏中的【连接】按钮。

- 在 CuteFTP 窗口中单击【文件】菜单→【粘贴 URL】命令，打开【粘贴 URL】对话框，如图 5-12 所示，输入站点地址后单击【确定】按钮。

图 5-12　【粘贴 URL】对话框

如果连接 FTP 站点失败，可单击【CuteFTP】窗口中的【文件】菜单→【重新连接】命令。

2）如果要断开 FTP 站点，可选择下列操作之一。

- 在 CuteFTP 窗口中，单击【文件】菜单→【断开】命令。
- 在 CuteFTP 窗口中，单击工具栏中的【断开】按钮📶。

5.4 文件的上传与下载

5.4.1　文件的上传

1）如果要直接上传文件或文件夹，可选择下列操作之一。

- 将要上传的文件或文件夹拖至远程目录中。
- 选择要上传的文件或文件夹，单击工具栏中的【上传】按钮🔼。
- 选择要上传的文件或文件夹，单击【传输】菜单→【上传】命令。
- 用鼠标右键单击要上传的文件或文件夹，在弹出的快捷菜单中选择【上传】命令。

2）如果要将文件添加到【传输队列】进行上传，具体操作步骤如下。

步骤 1　选择要上传的文件或文件夹，单击【传输】菜单→【队列】→【添加到队列】命令或用鼠标右键单击要上传的文件或文件夹，在弹出的快捷菜单中选择【添加到队列】命令。

步骤 2　选择【传输队列】列表中的队列文件，单击【传输】菜单→【传输队列】命令。

3）如果不是立即上传文件，可以将队列中的文件制成【计划传输】，然后进行上传，具体操作步骤如下。

步骤 1　选择队列中的文件，单击【传输】菜单→【计划传输】命令或用鼠标右键单击选择的队列中的文件，在弹出的列表中选择【计划传输】，打开【计划表】对话框，如图 5-13 所示。

步骤 2　选中【启用计划表】复选框，然后选中【计划当前队列】复选框，打开【计划传输】对话框，如图 5-14 所示。

步骤 3　根据需要设定值，单击【确定】按钮。

步骤 4　单击【确定】按钮。

图5-13 【计划表】对话框

图5-14 【计划传输】对话框

5.4.2 文件的下载

如果要下载文件或文件夹，可选择下列操作之一。
- 选择远程资源列表中要下载的文件或文件夹，单击工具栏中的【下载】按钮 ⬇ 。
- 选择远程资源列表中要下载的文件或文件夹，单击【传输】菜单→【下载】命令。
- 用鼠标右键单击要下载的文件或文件夹，在弹出的快捷菜单中选择【下载】命令。
- 在远程资源列表中选择要下载的文件或文件夹，将其拖至本地资源列表中接收下载文件或文件夹的位置。

5.5 管理文件和文件夹

5.5.1 管理文件

1）如果要移动文件，具体操作步骤如下。

步骤1 选择要移动的文件，单击【命令】菜单→【文件操作】→【移动】命令，打开【将文件移动到】对话框，如图5-15所示。

图 5-15 【将文件移动到】对话框

在文本框中输入要移动到的地址，单击【确定】按钮。

2）如果要重命名文件，具体操作步骤如下。

单击【命令】菜单→【文件操作】→【重命名】命令，或用鼠标右键单击要重命名的文件，在弹出的快捷菜单中选择【重命名】，打开【重命名】对话框，如图 5-16 所示。

在文本框中输入新的文件名，单击【确定】按钮。

图 5-16 【重命名】对话框

3）如果要删除文件，具体操作步骤如下。

步骤：选择要删除的文件，单击【命令】菜单→【文件操作】→【删除】命令，或用鼠标右键单击要删除的文件，在弹出的快捷菜单中选择【删除】。

4）如果要编辑文件，具体操作步骤如下。

选择要编辑的文件，单击【命令】菜单→【文件操作】→【编辑】命令，或用鼠标右键单击要编辑的文件，在弹出的快捷菜单中选择【编辑】或单击工具栏中的【编辑】按钮，打开【CuteFTP】对话框，如图 5-17 所示。

图 5-17 【CuteFTP】对话框

单击【确定】按钮，启动一个编辑程序，同时打开如图 5-18 所示的对话框。

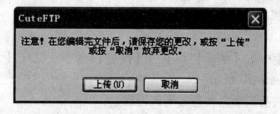

图 5-18 上传或取消对话框

步骤一 在编辑完后，保存编辑文件并关闭编辑窗口，根据需要单击【上传】或【取消】按钮。

5.5.2 文件夹的管理

对文件夹的管理与文件相似，选择要管理的文件夹，单击【命令】菜单→【目录】命令，在弹出的列表中可选择【更改目录】、【建立新目录】、【删除】、【重命名】、【移动】、【目录信息】、【比较目录】和【保存列表】命令。

5.6 设置 CuteFTP 的属性

5.6.1 设置提示属性

如果要设置提示属性，具体操作步骤如下。

步骤一 在 CuteFTP 窗口中单击【编辑】菜单→【设置】命令，打开【设置】对话框，单击左窗格中的【提示】选项，如图 5-19 所示。

步骤二 根据需要进行设置，完成后单击【确定】按钮。

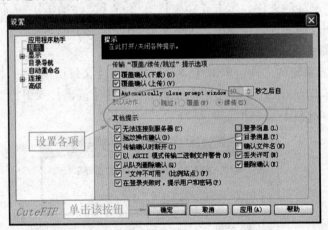

图 5-19 提示选项界面

5.6.2 设置显示属性

在 CuteFTP 窗口中单击【编辑】菜单→【设置】命令，打开【设置】对话框，单击左窗格中显示选项，如图 5-20 所示。

要对其显示属性进行设置，可进行下列设置。

1）声音的设置，具体操作步骤如下。

步骤一 单击【显示】选项下的【声音】，打开【显示－声音】界面，如图5-21所示。
步骤二 根据需要进行设置，完成后单击【应用】按钮。

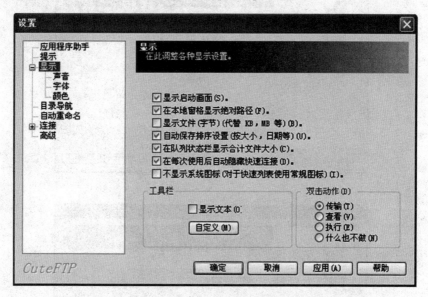

图5-20　显示选项界面

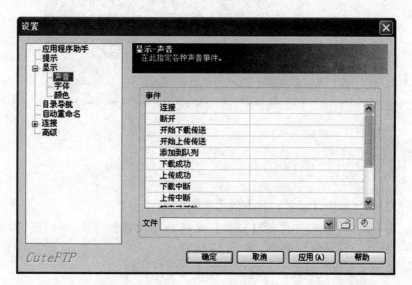

图5-21　【显示－声音】界面

2）字体的设置，具体操作步骤如下。

步骤一 单击【显示】选项下的【字体】，打开【显示－字体】界面，如图5-22所示。
步骤二 根据需要进行设置，完成后单击【应用】按钮。

3）颜色的设置，具体操作步骤如下。

步骤一 单击【显示】选项下的【颜色】，打开【显示－颜色】界面，如图5-23所示。
步骤二 根据需要进行设置，完成后单击【应用】按钮。
步骤三 单击【确定】按钮。

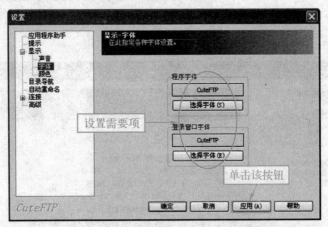

图 5-22　【显示－字体】界面

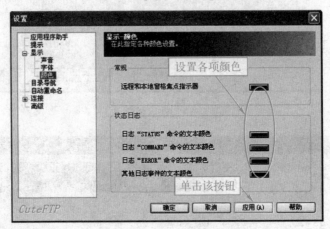

图 5-23　【显示－颜色】界面

5.6.3　设置目录导航属性

如果要对目录导航进行设置，具体操作步骤如下。

步骤1　在 CuteFTP 窗口中单击【编辑】菜单→【设置】选项，打开【设置】对话框，单击左窗格中的【目录导航】选项，如图 5-24 所示。

步骤2　根据需要进行设置，完成后单击【确定】按钮。

5.6.4　设置连接属性

如果要对连接进行设置，具体操作步骤如下。

步骤1　在 CuteFTP 窗口中单击【编辑】菜单→【设置】选项，打开【设置】对话框，单击左窗格中的【连接】选项，如图 5-25 所示。

步骤2　根据需要进行设置，完成后单击【确定】按钮。

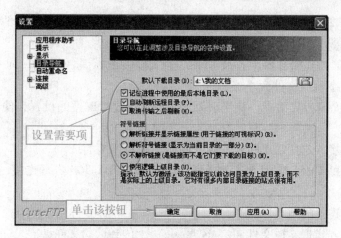

图 5-24　目录导航选项界面

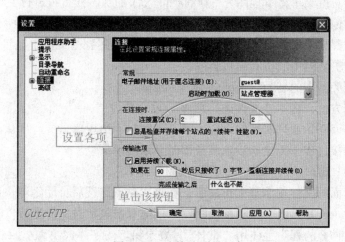

图 5-25　连接选项界面

5.7　上机练习

1. 隐藏 CuteFTP 的工具栏，再设置显示快速链接栏。

2. 使用鼠标快捷方式打开"自定义工具栏"对话框，删除工具栏上的"断开"按钮，将"快速连接"按钮移动至第一个"分隔符"按钮的下面位置。

3. 通过鼠标快捷方式在 CuteFTP 工具栏上的创建目录按钮和下载按钮之间增加分隔符。

4. 对当前界面所显示的文件的大小按字节显示，在每次站点连接后隐藏快速连接栏。

5. 在"快速连接栏"中输入连接信息，其中主机为 dfa. ox，用户名为 ruanti，密码为 ruanti. ox，端口为 20，并设置连接中使用防火墙设置。

6. 在"本地文件夹"下创建一个"珍藏"文件夹。

7. 使用 CuteFTP 站点管理器方式添加站点，其中站点地址为 tian. cn，用户名为 tian，密码为 tian，保存在名为 xy 的文件夹中，并以两者登录方式连接该站点。

8. 在 CuteFTP 站点管理器中删除专业站点文件夹下为"删除"的 FTP 站点。

9. 修改 CuteFTP 站点管理器中普通 FTP 站点文件夹下标识名为 ABC 的站点的登录类型为匿名登录。

10. 将 CuteFTP 站点管理器中普通 FTP 站点文件夹下标识名为 Internet 的站点设置成使用全局设置来检查下载时文件大小。

11. 在 CuteFTP 窗口界面中，从当前界面开始，通过对属性的设置，使其记录保存"日志文件"。

12. 通过重连接方式在站点断开一段时间后，重新连接上。

13. 使用"粘贴 URL"对话框，对 FTP 站点 192.168.1.100 进行连接，用户名和密码均为 broad。

14. 断开当前连接的站点。

15. 使用菜单方式把本地文件夹"My Music"上传到远程文件夹"Anne"中。

16. 通过鼠标右键菜单将本地图片"0000.jpg"添加到队列，再进行上传。

17. 将当前传输队列中的文件设置在 2010 年 9 月 9 日 16 时 28 分 55 秒。

18. 将当前远程目录中的名为"2.10"的文件夹下载到我的文档中。

19. 将当前传输队列中的所有项目删除。

20. 将远程服务器中的名为"apple"的文件删除。

21. 使用菜单方式，将本地文件夹"珍藏"重命名为"one"。

22. 从当前界面开始通过属性的设置，使其下载时不出现覆盖文件确认的提示框。

23. 设置在连接过程中无法连接到服务器时显示提示信息。

24. 将 CuteFTP 窗口中的"连接"声音设为"星号"。

25. 对当前界面的文件按字节大小显示，在每次站点连接后自动隐藏快速连接。

26. 设置在 CuteFTP 界面中显示系统图标，鼠标双击表示对文件进行传输。

27. 设置 CuteFTP 的程序字体用"楷体"，登录窗口的字体大小为小四号。

28. 设置状态"日志"错误命令的文本颜色为红色。

29. 设置 CuteFTP 中默认的下载目录为"我的文档"中"我的数据源"，并且在远程目录中进行自动刷新。

30. 设置在传输完成后自动从站点断开。

上机操作提示（具体操作详见随书光盘中【手把手教学】第 5 章 1~30 题）

1. **步骤1** 单击【查看】菜单→【工具栏】命令。

步骤2 单击【查看】菜单→【快速链接栏】命令。

2. **步骤1** 用鼠标右键单击工具栏，在弹出的快捷菜单中选择【自定义】，打开【自定义工具栏】对话框。

步骤2 单击【已选定的按钮】列表中的【断开】，单击【删除】按钮。

步骤3 单击【已选定的按钮】列表中的【快速连接】，单击【向下移】按钮。

步骤4 单击【确定】按钮。

3. **步骤1** 用鼠标右键单击工具栏，在弹出的快捷菜单中选择【自定义】，打开【自定义工具栏】对话框。

步骤2 单击【已选定的按钮】列表中的【创建目录】，单击【分隔符】按钮。

步骤3 单击【确定】按钮。

4. **步骤1** 单击【编辑】菜单→【设置】命令，打开【设置】对话框。

步骤2 单击左窗格中的【显示】，选中【显示文件】复选框，选中【在每次使用后自动隐藏快速连接】复选框。

步骤3 单击【确定】按钮。

5. **步骤1** 在【快速连接栏】工具栏中的【主机】中输入"dfa.ox"，在【快速连接栏】工具栏中的【用户名】中输入"ruanti"，在【快速连接栏】工具栏中的【密码】中输入"ruanti.ox"，在【快速连接栏】工具栏中的【端口】中输入"20"，单击【快速连接栏】中的【设置】按钮，打开【设置】对话框。

步骤2 选中【使用防火墙设置】复选框，单击【确定】按钮。

6. **步骤1** 单击【命令】菜单→【目录】→【建立新目录】命令，打开【创建新的目录】对话框。

步骤2 在文本框中输入"珍藏"，单击【确定】按钮。

7. **步骤1** 单击【文件】菜单→【站点管理器】命令，打开【站点管理器】对话框。

步骤2 单击【xy】文件夹，单击【新建】按钮。

步骤3 单击【新建站点】，在【FTP主机地址】文本框中输入"tian.cn"，在【FTP站点用户名】文本框中输入"tian"，在【FTP站点密码】文本框中输入"tian"，选中【两者】单选钮。

步骤4 单击【连接】按钮。

8. **步骤1** 单击【文件】菜单→【站点管理器】命令，打开【站点管理器】对话框。

步骤2 单击【专业站点】前的【+】，单击【删除】，然后用鼠标右键单击【删除】，在弹出的快捷菜单中选择【删除】，打开【CuteFTP】对话框。

步骤3 单击【是】按钮。

9. **步骤1** 单击【文件】菜单→【站点管理器】命令，打开【站点设置ABC】对话框。

步骤2 单击左侧【ABC】下的【ABC】，选中【匿名】单选钮。

步骤3 单击【退出】按钮。

10. **步骤1** 单击【文件】菜单→【站点管理器】命令，打开【站点设置ABC】对话框。

步骤2 单击左侧第一个【Internet】，单击【编辑】按钮，打开【设置】对话框。

步骤3 单击【高级】选项卡，单击【下载时检查文件大小】下拉框，在弹出的列表中选择【使用全局设置】。

步骤4 单击【确定】按钮。

步骤5 单击【退出】按钮。

11. **步骤1** 单击【编辑】菜单→【设置】命令，打开【设置】对话框。

步骤2 单击【连接】前的【+】，单击【记录】，选中【保存日志到文件】复选框。

步骤3 单击【确定】按钮。

12. **步骤** 单击【文件】菜单→【重新连接】命令。

13. **步骤1** 单击【文件】菜单→【粘贴URL】命令，打开【粘贴URL】对话框。

步骤 2 在【粘贴 URL】文本框中输入"broad：broad@ 192. 168. 1. 100"，单击【确定】按钮。

14. **步骤** 单击【文件】菜单→【断开】命令。

15. **步骤** 单击【本地资源窗口】中的文件夹【My Music】，单击【传输】菜单→【上传】命令。

16. **步骤 1** 用鼠标右键单击【0000. jpg】，在弹出的快捷菜单中选择【添加到队列】。

步骤 2 用鼠标右键单击【d：\my documents\示例】，在弹出的快捷菜单中选择【传输队列】。

17. **步骤 1** 单击【传输】菜单→【计划传输】命令，打开【计划表】对话框。

步骤 2 选中【启用计划表】复选框，选中【显示倒计时器】复选框，选中【计划当前队列】复选框，打开【计划传输】对话框。

步骤 3 修改当前文本框内容为【16：28：55】，修改当前文本框内容为【2010 - 9 - 9】，单击【确定】按钮。

步骤 4 单击【确定】按钮。

18. **步骤** 单击远程文件夹中的【2.10】文件夹，单击【传输】菜单→【下载】命令。

19. **步骤 1** 单击【传输】菜单→【队列】→【删除所有项目】命令，打开【确认】对话框。

步骤 2 单击【确定】按钮。

20. **步骤 1** 单击远程文件夹中的【apple】文件，单击【命令】菜单→【文件操作】→【删除】命令，打开【确认删除】对话框。

步骤 2 单击【是】按钮。

21. **步骤 1** 单击本地文件夹中的【珍藏】文件夹，单击【命令】菜单→【文件操作】→【重命名】命令，打开【重命名】对话框。

步骤 2 修改【重命名】文本框中的内容为【one】，单击【确定】按钮。

22. **步骤 1** 单击【编辑】菜单→【设置】命令，打开【设置】对话框。

步骤 2 单击列表中的【提示】，取消选中【覆盖确认（下载）】复选框。

步骤 3 单击【确定】按钮。

23. **步骤 1** 单击【编辑】菜单→【设置】命令，打开【设置】对话框。

步骤 2 单击【提示】，选中【无法连接到服务器】复选框。

步骤 3 单击【确定】按钮。

24. **步骤 1** 单击【编辑】菜单→【设置】命令，打开【设置】对话框。

步骤 2 单击【声音】，单击【连接】，单击【文件】下拉框，在弹出的列表中选择【星号】。

步骤 3 单击【确定】按钮。

25. **步骤 1** 单击【编辑】菜单→【设置】命令，打开【设置】对话框。

步骤 2 单击【显示】，选中【显示文件（字节）（代替 KB，MB 等）】复选框，选中【在每次使用后自动隐藏快速连接】复选框。

步骤3 单击【确定】按钮。

26. **步骤1** 单击【编辑】菜单→【设置】命令，打开【设置】对话框。

步骤2 单击【显示】，取消选中【不显示系统图标】复选框，选中【传输】单选钮。

步骤3 单击【确定】按钮。

27. **步骤1** 单击【编辑】菜单→【设置】命令，打开【设置】对话框。

步骤2 单击【字体】，单击【程序字体】下的【选择字体】按钮，打开【字体】对话框。

步骤3 选择【字体】列表框中的【楷体_GB2312】，单击【确定】按钮。

步骤4 单击【登录窗口字体】下的【选择字体】按钮，打开【字体】对话框。

步骤5 选择【大小】列表框中的【小四】，单击【确定】按钮。

步骤6 单击【关闭】按钮。

28. **步骤1** 单击【编辑】菜单→【设置】命令，打开【设置】对话框。

步骤2 单击【颜色】，单击【日志 ERROR 命令的文本颜色】后的颜色按钮，打开【颜色】对话框。

步骤3 单击第2行第1列红色，单击【确定】按钮。

步骤4 单击【确定】按钮。

29. **步骤1** 单击【编辑】菜单→【设置】命令，打开【设置】对话框。

步骤2 单击【目录导航】，单击【默认下载目录】后的文件夹图标按钮，打开【浏览文件夹】对话框。

步骤3 单击【我的文档】，单击【我的数据源】，单击【确定】按钮。

步骤4 选中【自动刷新远程目录】复选框，单击【确定】按钮。

30. **步骤1** 单击【编辑】菜单→【设置】命令，打开【设置】对话框。

步骤2 单击【连接】，单击【完成传输之后】下拉框，在弹出的列表中选择【从站点断开】。

步骤3 单击【确定】按钮。

第6章 Internet即时通讯工具的使用

MSN 是一种即时通讯软件，用户可以通过 MSN 实现与亲人、朋友之间的文字聊天、语音对话、视频会话等功能，让人与人之间的沟通更加方便快捷。

本章详细讲解 MSN 的下载、安装和登录、MSN 的基本操作、使用 MSN 通信、对 MSN 的设置。

6.1 MSN 的下载、安装和登录

MSN（Microsoft service Network），是由微软公司在 1995 年 8 月 24 日成立的互联网服务提供商，并随着 Windows 95 一起发布。MSN 原来是一个类似 CompuServe 及 AOL 的收费服务，提供拨号上网及增值信息、聊天室等服务，但同时也允许其他现有互联网用户通过互联网来使用。后来互联网的普及化，使 Microsoft 将大部分原来要收费的项目，转变为免费的 MSN 入门网站。

6.1.1 MSN 的下载

如果要下载 MSN 软件，可以打开 IE 浏览器，输入信息的文本框中输入 MSN 将会弹出有关 MSN 的相关信息，在弹出的列表中选择 MSN Messenger 6.2 版本下载，将进入 MSN 的下载渠道界面，在这里我们选择官方下载，将弹出一个【新建任务】对话框要求设置保存路径，如需进行设置，可单击文本框右侧的【文件夹】按钮，打开【浏览文件夹】对话框，如图 6-1 所示，选择保存路径，单击【确定】按钮，然后单击【立即下载】按钮，将开始下载。

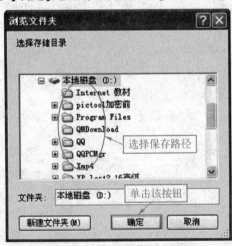

图 6-1 【浏览文件夹】对话框

6.1.2　MSN 的安装

　　下载完成的是 MSN 的安装文件，双击该文件将开始对 MSN 的安装，打开 MSN Messenger 安装界面，如图 6-2 所示，单击【下一步】按钮，将开始对 MSN 进行安装，根据提示完成对 MSN 的安装。

　　安装完成后将出现 MSN 的登录界面，如图 6-3 所示。

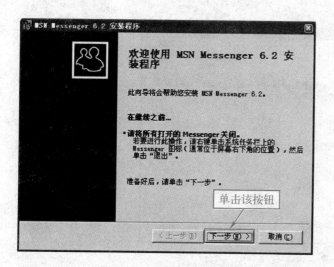

图 6-2　MSN 的安装界面

图 6-3　MSN 的登录界面

6.1.3　MSN 账户的注册与登录

没有注册 MSN 的账户，就无法登录 MSN。

1）如果是首次注册 MSN 的账户，具体操作步骤如下。

步骤 1　单击【开始】按钮→【所有程序】→【MSN Messenger 6.2】命令，打开 MSN 的登录界面，如图 6-3 所示。

步骤 2　单击【登录】按钮，打开【将 .NET Passport 添加到 Windows XP 用户账户】界面，如图 6-4 所示。

步骤 3　单击【下一步】按钮，打开【有电子邮件地址吗?】界面，如图 6-5 所示。

步骤 4　选中【没有，注册一个免费的 MSN Hotmail 电子邮件地址】单选钮，单击【下一步】按钮，打开【注册 MSN Hotmail】界面，如图 6-6 所示。

步骤 5　单击【下一步】按钮，打开注册界面网页，如图 6-7 所示。

图 6-4 【将 . NET Passport 添加到 Windows XP 用户账户】界面

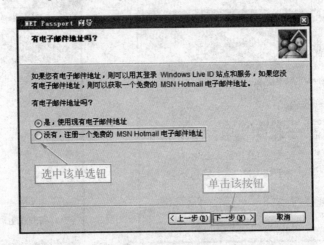

图 6-5 【有电子邮件地址吗?】界面

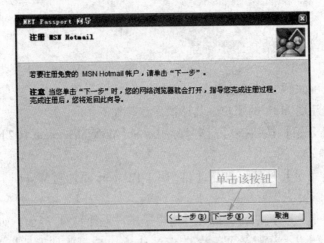

图 6-6 【注册 MSN Hotmail】界面

填写注册信息并确定账户未被使用，完成后单击【接受】按钮。如注册成功将打开注册成功的网页，如图 6-8 所示。

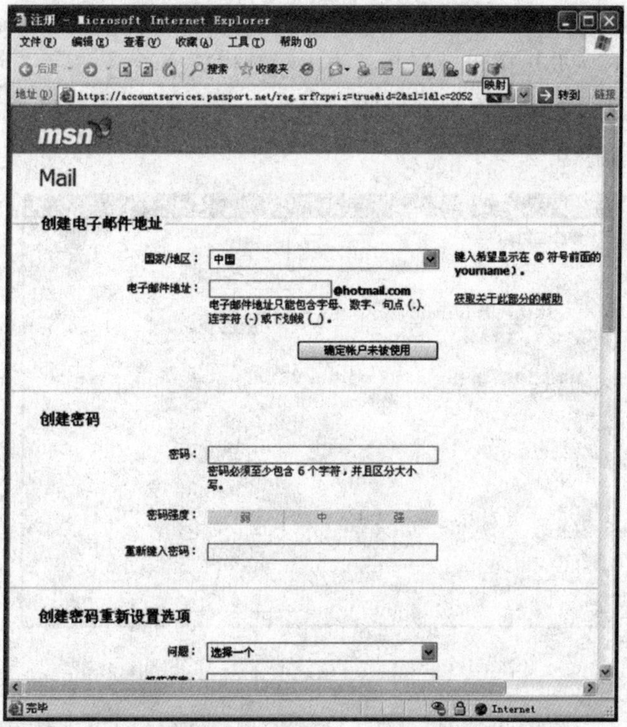

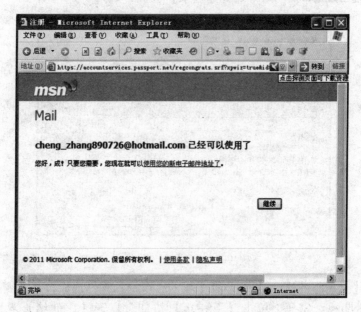

图6-7　注册界面网页

图6-8　注册成功的网页

2）如果是首次登录 MSN，具体操作步骤如下。

步骤 1 单击【开始】按钮→【所有程序】→【MSN Messenger 6.2】命令，打开 MSN 的登录界面，如图6-3 所示。

步骤 2 单击【登录】按钮，打开【将 . NET Passport 添加到 Windows XP 用户账户】界

面，如图 6-4 所示。

步骤3 单击【下一步】按钮，打开【有电子邮件地址吗?】界面，如图 6-5 所示。

步骤4 选中【是，使用现有邮件地址】单选钮，单击【下一步】按钮，打开【您已经注册了吗?】界面，如图 6-9 所示。

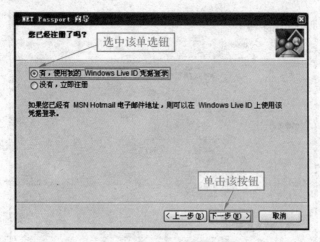

图 6-9　【您已经注册了吗?】界面

步骤5 选中【有，使用我的 Windows Live ID 凭据登录】单选钮，单击【下一步】按钮，打开【使用您的 Windows Live ID 凭据登录】界面，如图 6-10 所示。

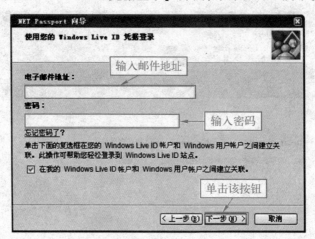

图 6-10　【使用您的 Windows Live ID 凭据登录】界面

步骤6 在【电子邮件地址:】文本框中输入已申请的邮件地址，在【密码:】文本框中输入已申请的邮件地址密码，单击【下一步】按钮。打开【已就绪】界面，如图 6-11 所示。

步骤7 单击【完成】按钮，将开始登录。

3）如果已登录过 MSN，则再次登录单击 MSN 登录界面上的【登录】按钮，将打开【. NET Messenger Service】对话框，如图 6-12 所示。输入登录信息，单击【确定】按钮即可。

图 6-11　【已就绪】界面

图 6-12　【. NET Messenger Service】对话框

6.2　MSN 的基本操作

6.2.1　查找联系人

如果要查找联系人，具体操作步骤如下。

步骤 1　登录 MSN。

步骤 2　单击【联系人】菜单→【搜索联系人】→【高级搜索】命令，将打开高级搜索联系人界面。

步骤 3　填写要搜索联系人的信息，完成后单击【Search】按钮，若存在则显示出要搜索联系人的信息。

6.2.2 添加联系人

如果要添加联系人，具体操作步骤如下。

步骤 1 登录 MSN。

步骤 2 单击【联系人】菜单→【添加联系人】命令，打开【添加联系人】对话框。

步骤 3 选择添加联系人的方式，单击【下一步】按钮。

步骤 4 输入联系人的电子邮件地址，单击【下一步】按钮，将出现成功界面。

步骤 5 单击【完成】按钮。

6.3 使用 MSN 通信

MSN 将最好的即时聊天（IM）与社交网络相结合，可以进行文字通信、传送文件、音频通信和视频通信等操作，还可以对其进行设置。

6.3.1 信息的发送与接收

1）如果要与联系人进行对话，具体操作步骤如下。

步骤 1 单击【联系人】，在其下面的列表中双击联系人，或用鼠标右键单击【联系人】，在弹出的快捷菜单中选择【发送即时消息】。

步骤 2 打开与联系人对话的窗口，便可以与联系人进行对话，如图6-13 所示。

图6-13 与联系人对话的窗口

2）和联系人一对一的对话过程就是两位用户之间的对话。在两位用户对话的基础之上还可以邀请其他用户进行多用户对话，在组内多用户对话中，一个人发送的消息其他用户都能接收到消息。

如果要进行多用户对话，具体操作步骤如下。

步骤1 在两位用户对话窗口中，单击【操作】菜单→【邀请某人加入此对话】命令或单击工具栏中的【邀请】按钮。

步骤2 在联机的联系人中选择要邀请的联系人，单击【确定】按钮。

3）如果聊天的字体不习惯使用，可以对其字体的大小与颜色进行设置，具体操作步骤如下：

步骤1 打开与联系人对话的窗口。

步骤2 单击【编辑】菜单→【更改字体】命令或单击【字体】按钮，打开【更改我的消息字体】对话框，如图6-14所示。

步骤3 根据习惯设置文字的【字体】、【字形】和【大小】，单击【颜色】列表框，在弹出的列表中选择需要的字体颜色。

步骤4 单击【确定】按钮。

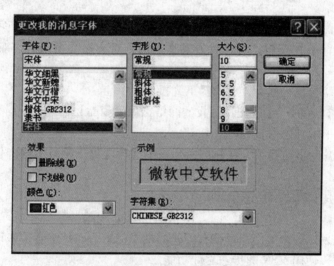

图6-14　【更改我的消息字体】对话框

4）如果想表现出自己的表情，可以添加表情符号，具体操作步骤如下。

步骤1 打开与联系人聊天的窗口。

步骤2 单击表情按钮旁的下拉箭头，在弹出的列表中选择要显示的表情。

5）如果不喜欢聊天窗口的背景和显示给对方的图片，可以对其进行设置，其具体操作步骤如下。

步骤1 打开与联系人对话的窗口。

步骤2 单击【背景】右侧的下拉箭头，在弹出的列表中选择要更改聊天窗口的背景。

步骤3 单击显示给对方图片旁的下拉箭头，在弹出的列表中选择图片。

6.3.2　音频与视频的使用

1. 使用音频

使用 MSN 可以与联系人进行音频通话，但双方都应该先安装并设置送话器和受话器，双方都同意进行音频通话后，这时双方便可以进行音频通话。

打开与联系人对话的窗口，单击【操作】菜单→【开始音频】命令或单击工具栏中的【音频】按钮，便向对方发出音频对话的请求，如果对方接收了音频对话请求后，便可以进行音频对话，还可以通过拖动右侧的语音滑块来调节音量的大小。

2. 使用视频

在使用音频通话的同时还可以进行视频通话，这样便可以看到对方的真实场景。进行视频聊天有两种方式：查看联系人的网络摄像机画面和向对方发送自己的网络摄像机场景。

如果要向联系人发送我的网络摄像机画面，则在登录后的界面上单击【操作】菜单→【发送我的网络摄像机画面】命令，选择联系人，或用鼠标右键单击联系人，在弹出的快捷菜单中选择【发送我的网络摄像机画面】，当联系人接受邀请后，联系人就可以看到发送人的摄像机拍摄的场景。

如果是在对话窗口上单击【操作】菜单→【发送我的网络摄像机画面】命令或单击工具栏中的【网络摄像机】按钮，将向对方发送邀请，对方接受邀请后，双方都能看到自己摄像机拍摄的画面。

如果要关闭网络摄像机画面，可选择下列操作：

- 单击【操作】菜单→【停止发送我的网络摄像机画面】命令。
- 单击工具栏中的【网络摄像机】按钮。
- 单击右侧图片的下拉箭头，在弹出的列表中选择【停止网络摄像机】。

6.3.3　使用 MSN 传送文件

如果要给对方发送一个文件，里面有大量的文本信息，而打字会带来很大的不便，且浪费时间，这时便可以使用 MSN 的传送文件功能。

打开要传送文件的联系人对话窗口，单击【操作】菜单→【发送文件或照片】命令或单击【文件】菜单→【发送文件或照片】命令或单击工具栏中的【发送文件】按钮，打开【发送文件】窗口，选择要发送的文件，单击【打开】按钮，便确定要发送的文件，对方接受后，便开始传送文件。

如果想中途取消文件的发送，则单击【取消】超链接，或按〈Alt + Q〉组合键。

6.3.4　使用 MSN 发送电子邮件

通过 MSN 可以使用收发电子邮件客户端工具向联系人发送电子邮件，不仅可以向联机的联系人发送，还可以向脱机的联系人发送。

如果要发送电子邮件，具体操作步骤如下。

步骤 1 在 MSN 登录窗口中，单击【操作】菜单→【发送电子邮件】命令，在联系人中选择要发送邮件的联系人，或在和联系人对话的窗口中，单击【操作】菜单→【发送电子邮件】命令，即可打开【新邮件】窗口。

步骤 2 填写【收件人】、【抄送】与【主题】，在编辑区内编写邮件内容。

步骤 3 单击【邮件】菜单→【立即发送】命令或单击工具栏中的【发送】按钮。

6.3.5　MSN 应用程序的共享

如果要使用 MSN 共享应用程序，首先应运行此程序，单击【操作】菜单→【开始共享应用程序】命令，便向对方发出共享应用程序的邀请，等对方接受后，屏幕上便会显示共享状态。单击【应用程序共享】按钮，打开【共享】对话框，这时便可以选择共享文件。

通过【共享】对话框可以设置控制状态，但双方不能同时控制一个程序，控制权只能从一方传递给另一方。

6.4　对 MSN 的设置

6.4.1　个人信息的设置

如果要对个人信息进行设置，具体操作步骤如下。

步骤 1 打开登录 MSN 后的界面。

步骤 2 单击【工具】菜单→【选项】命令，打开【选项】对话框。

步骤 3 在【个人信息】选项卡中，可选择下列操作。

- 在【我的显示名称】下的【键入让其他人看到的您的名称】文本框中输入自己的新名称。
- 在【我的显示图片】下单击【更改图片】按钮，打开【显示图片】对话框，选择要设置的图片，单击【确定】按钮。
- 在【我的状态】下设置【若我在】时，在多长时间内将显示离开状态。
- 在【我的网络摄像机画面】下选中或取消【与其他人共享我的网络摄像机功能】。

步骤 4 单击【确定】按钮。

6.4.2　隐私项的设置

如果要对隐私进行设置，具体操作步骤如下。

步骤 1 打开登录 MSN 后的界面。

步骤 2 单击【工具】菜单→【选项】命令，打开【选项】对话框。

步骤 3 单击【隐私】选项卡，通过单击【允许】和【阻止】按钮来设置联系人【能看到我的联机状态与能向我发送消息】或【不能看到我的联机状态与不能向我发送消息】。

步骤 4 单击【确定】按钮。

6.4.3 对用户状态的设置

如果要对用户状态进行设置，具体操作步骤如下。

步骤 1 打开登录 MSN 后的界面。

步骤 2 单击【文件】菜单→【我的状态】命令或单击当时状态左侧的下拉箭头，在弹出的列表中可以选择【联机】、【忙碌】、【马上回来】、【离开】、【接听电话】、【外出就餐】和【显示为脱机】中的一项。

6.5 上机练习

1. 在当前对本地磁盘（e）中的"MSN.exe"的 MSN 工具软件进行安装。

2. 在当前状态下登录 MSN，邮件的地址为：ccty@163.com，密码为：116116。

3. 在当前状态下利用邮箱地址 cctykw@163.com，密码为：ab1234，注册为 MSN 账户，其中在提示问题中选择"母亲的出生地点"，答案为：changchun。

4. 在即时通信工具 MSN 中，通过菜单栏中的高级搜索命令，在 MSN 用户中查找符合以下条件的 MSN 用户：姓氏为 fly，性别为女，年龄范围为 25~29，其余保持默认。

5. 在即时通信工具 MSN 中，从当前界面开始，将用户 bnuxxs01@163.com 添加为联系人。

6. 利用菜单在当前界面设置"字体"为粗体，并向当前用户发送消息：let us go home。

7. 在当前状态下对发送给 Mike 的消息中添加"红心"为背景图"第 2 行第 2 列"，并设置显示给对方的图片为"橡皮鸭子"，并将此消息发送。

8. 从当前界面上开始操作，把联机用户 min 邀请加入到对话框中，开始多用户对话。

9. 在用户登录 MSN 后，设置用户状态为"外出就餐"。

10. 在即时通信工具 MSN 中，从当前界面开始进行设置，将被阻止的用户 min 添加到"我允许的名单"中。

11. 在 MSN 即时通信工具中，从当前界面开始，将首发消息时显示的图片设置为 D：/picture/picture1.jpg。

12. 设置如果在 10 分钟内为非活动态就显示离开。

13. 设置不允许其他人共享我的网络摄像机功能。

14. 设置当我登录到 Windows 时自动运行 Messenger，并在登录时禁止显示 MSN 今日焦点。

15. 设置当联系人登录或者发送消息时发出声音，并设置声音方案为 Windows 默认的声音，同时不保存以前的声音方案。

16. 利用菜单方式，在即时通讯工具 MSN 中，从当前界面开始，找到相应的设置界面把代理服务器的类型改为 SOCKS 55，端口改为 1080。

17. 允许 Microsoft 收集有关我如何使用 MSN Messenger 匿名信息。

18. 从当前界面开始，通过相应的操作停止向对方发送网络摄像机画面。

19. 当前与 Mike 的对话框中，向 Mike 发送"我的文档"中名为"xy"的文件。

20. 在即时通信工具 MSN 中，从当前界面开始，找到相应的界面，启用检查 Hotmail 或打开其他启用 Microsoft Passport 的网页时，总是向我询问密码。

21. 在即时通信工具 MSN 中，向当前联机用户发送即时消息：Can you help me? 颜色为红色。

22. 请在 MSN 共享文件会话界面上，利用工具栏添加共享文件，文件位置为"我的文档 \ 注册 . txt"。

23. 在 MSN 中向对方发送一段文字"你好吗？"，并在后面加一个微笑表情。

上机操作提示（具体操作详见随书光盘中【手把手教学】第 6 章 1~23 题）

1. （步骤1）用鼠标右键单击【MSN. exe】，在弹出的快捷菜单中选择【打开】，打开【安装 MSN Messenger】界面。

（步骤2）单击【下一步】按钮，选中【我接受'使用条款'和'隐私声明'中的条款】单选钮。

（步骤3）单击【下一步】按钮，打开【选择其他功能和设定】界面。

（步骤4）单击【下一步】按钮。

（步骤5）单击【完成】按钮。

2. （步骤1）在【电子邮箱地址】中输入"ccty @ 163. com"，在【密码】中输入"116116"，单击【登录】按钮。

3. （步骤1）单击【若要以不同账户登录，请单击此处】，打开【. NET Messenger Service】对话框。

（步骤2）单击【获得一个 . NET Passport】超链接，打开【将 . NET Passport 添加到 Windows XP 用户账户】界面。

（步骤3）单击【下一步】按钮，选中【是，使用现有的电子邮件地址】单选钮。

（步骤4）单击【下一步】按钮，选中【没有，立即注册】单选钮。

（步骤5）依次单击【下一步】按钮。

（步骤6）在【电子邮件地址】文本框中输入"ccty@ 163. com"，在密码文本框中输入"ab1234"，在【重新输入密码】文本框中输入"ab1234"。单击【问题】下拉框，在弹出的列表中选择【母亲的出生地点】，在【机密答案】文本框中输入"Changchun"，在【字符】文本框中输入上述内容【YXXSHRBT】，单击【继续】按钮。

（步骤7）输入"ccty@ 163. com"，单击【接受】按钮。

4. （步骤1）单击【联系人】菜单→【搜索联系人】→【高级搜索】命令，单击【minmin1956@ live. cn】。

（步骤2）单击【搜索联系人或网页】下拉框，在弹出的列表中选择【搜索联系人】，单击【高级】超链接。

（步骤3）在【姓氏】文本框中输入"fly"，单击【性别】下拉框，在弹出的列表中选择【女】，单击【年龄范围】中的【从】列表框，在弹出的列表中选择【25】，单击【年龄范围】中的【至】下拉框，在弹出的列表中选择【29】。

步骤4　单击【搜索】按钮。

5.　步骤1　单击【联系人】菜单→【添加联系人】命令，打开【添加联系人】对话框。

步骤2　单击【下一步】按钮，在文本框中输入"bnuxxs01@163.com"。

步骤3　依次单击【下一步】按钮。

步骤4　单击【完成】按钮。

6.　步骤1　单击【编辑】菜单→【更改字体】命令，打开【更改我的消息字体】对话框。

步骤2　单击【字形】列表中的【粗体】，单击【确定】按钮。

步骤3　在光标处输入"let us go home"，单击【发送】按钮。

7.　步骤1　单击【为您的对话窗口选择背景图片】按钮，在弹出的列表中选择第2行第2列样式。

步骤2　单击联系人网络摄像机画面下的下拉箭头，在弹出的列表中选择【更改显示图片】，打开【我的显示图片】对话框。

步骤3　单击【橡皮鸭子】，单击【确定】按钮。

8.　步骤1　单击【操作】菜单→【邀请一个联系人加入此对话】命令，打开【邀请某人到该对话】对话框。

步骤2　单击【确定】按钮。

9.　步骤　单击【文件】菜单→【我的状态】→【外出就餐】命令。

10.　步骤　单击【允许】按钮。

11.　步骤1　单击【工具】菜单→【选项】命令，打开【选项】对话框。

步骤2　单击【更改图片】按钮，打开【我的显示图片】对话框。

步骤3　单击【浏览】按钮，打开【选择显示图片】对话框。

步骤4　单击【picture】，单击【打开】按钮。

步骤5　单击【picture1.jpg】，单击【打开】按钮。

步骤6　依次单击【确定】按钮。

12.　步骤1　单击【工具】菜单→【选项】命令，打开【选项】对话框。

步骤2　选中【如果我在】复选框，在【如果我在】文本框中输入"10"，单击【确定】按钮。

13.　步骤1　单击【工具】菜单→【选项】命令，打开【选项】对话框。

步骤2　取消选中【允许其他人看到我有网络摄像机】功能，单击【确定】按钮。

14.　步骤1　单击【工具】菜单→【选项】命令，打开【选项】对话框。

步骤2　单击【常规】，选中【当我登录到 Windows 时自动运行】复选框，取消选中【Messenger 登录时显示 MSN 今日焦点】复选框，单击【确定】按钮。

15.　步骤1　单击【工具】菜单→【选项】命令，打开【选项】对话框。

步骤2　单击【通知和声音】，选中【当联系人登录或发送消息时发出声音】复选框，单击【声音】按钮，打开【声音和音频设备 属性】对话框。

步骤3　单击【声音方案】下拉框，在弹出的列表中选择【Windows 默认】，打开【保存方案】对话框。

步骤 4 单击【否】按钮。

步骤 5 依次单击【确定】按钮。

16. 步骤 1 单击【工具】菜单→【选项】命令，打开【选项】对话框。

步骤 2 单击左侧的【连接】，单击【高级设置】按钮，打开【设置】对话框。

步骤 3 在【SOCKS】文本框中输入 "SOCKS 55"。在【：】文本框中输入 "1080"，单击【确定】按钮。

步骤 4 单击【确定】按钮。

17. 步骤 1 单击【工具】菜单→【选项】命令，打开【选项】对话框。

步骤 2 单击【常规】，选中【允许 Microsoft 收集有关我如何使用 MSN Messenger 的匿名信息】复选框。

步骤 3 单击【确定】按钮。

18. 步骤 单击【网络摄像机】按钮。

19. 步骤 1 单击【文件】菜单→【发送文件或照片】命令，打开【发送文件给 Mike】对话框。

步骤 2 单击【xy】，单击【打开】按钮。

20. 步骤 1 单击【工具】菜单→【选项】命令，打开【选项】对话框。

步骤 2 单击【安全】，选中【当检查 Hotmail 或打开其他启用 Microsoft passport 的网页时总是向我询问密码】复选框，单击【确定】按钮，打开【MSN Messenger】对话框。

步骤 3 单击【确定】按钮。

21. 步骤 1 在输入框中输入 "Can you help me?"，选中 Can you help me，单击【编辑】菜单→【更改字体】命令，打开【更改我的消息字体】对话框。

步骤 2 单击【颜色】下拉框，在弹出的列表中选择【红色】，单击【确定】按钮。

步骤 3 单击【发送】按钮。

22. 步骤 1 单击工具栏上的【添加文件】按钮，打开【发送文件给 scsdjsj9@163.com】对话框。

步骤 2 单击【注册.txt】，单击【打开】按钮。

23. 步骤 1 在编辑区中输入 "你好吗?"，单击【表情】按钮，在弹出的列表中选择第一个笑脸表情。

步骤 2 单击【发送】按钮。

第7章 Windows安全设置

计算机网络的不断发展已经使全球信息化成为人类发展的大趋势，但是由于网络的开放性、互连性等特征，致使网络易受病毒、黑客、恶意软件和其他不轨行为的攻击。更令人担忧的是，通过发送电子邮件、在线浏览及下载文件等网络途经传播的病毒不仅危害越来越大，而且传播速度也是始料不及，须臾间传遍世界的现象比比皆是。对此，网络安全专家指出，这还只是一个开始，这些通过网络肆虐的计算机病毒已成为未来病毒的发展趋势。为了上网时能够保护好用户的计算机免受病毒和黑客的攻击，就需要从多个方面将安全工作做到位。

本章详细讲解 Windows 防火墙的设置、设置 Internet 安全选项、本地安全设置。

7.1 Windows 防火墙的设置

7.1.1 启用或关闭 Windows 防火墙

如果要启用或关闭 Windows 防火墙，具体操作步骤如下。

步骤 1 单击【开始】按钮→【控制面板】命令，打开【控制面板】窗口，用鼠标右键单击【Windows 防火墙】图标，在弹出的快捷菜单中选择【打开】或双击【Windows 防火墙】图标，打开【Windows 防火墙】对话框，如图 7-1 所示。

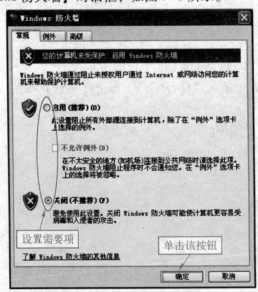

图 7-1 【Windows 防火墙】对话框

步骤 2 根据需要选中【启用（推荐）】单选钮或【关闭（不推荐）】单选钮来启动或关闭【Windows 防火墙】，当选中【启用（推荐）】单选钮时，下面的【不允许例外】复选框为可用状态，通常选中【不允许例外】复选框。

步骤 3 单击【确定】按钮。

7.1.2 对 Windows 防火墙例外程序的设置

Windows 防火墙用来阻止计算机未经请求的连接，而不阻止由内向外的请求，但通常会限制某些程序的正常运行。如使用 QQMusic 时就会弹出【Windows 安全警报】对话框，如图 7-2 所示。这时我们可以单击【解除阻止】按钮来正常运行程序。为了能正常使用应用程序，需要对 Windows 防火墙进行设置。

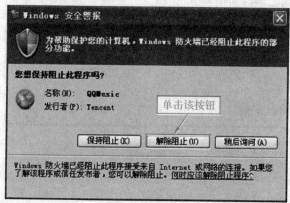

图 7-2 【Windows 安全警报】对话框

1）如果要允许程序通过 Windows 防火墙，而不提示阻止信息，具体操作步骤如下。

步骤 1 打开【Windows 防火墙】对话框。

步骤 2 单击【例外】选项卡，显示【例外】选项卡界面，如图 7-3 所示。

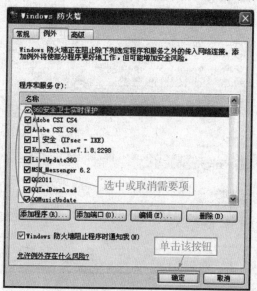

图 7-3 【例外】选项卡界面

步骤3 在【程序和服务】列表框中选择要设置例外的程序，单击【确定】按钮。

如果【程序和服务】列表框中没有要允许例外的程序，可以单击【添加程序】按钮，打开【添加程序】对话框，如图 7-4 所示，选择要添加的程序，单击【确定】按钮。

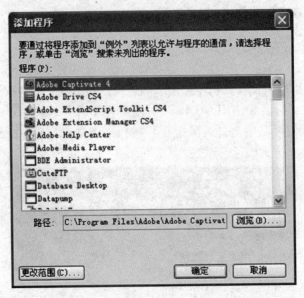

图 7-4 【添加程序】对话框

2）如果要对【Windows 防火墙】进行高级设置，具体操作步骤如下。

步骤1 打开【Windows 防火墙】对话框。

步骤2 单击【高级】选项卡，显示【高级】选项卡界面，如图 7-5 所示。

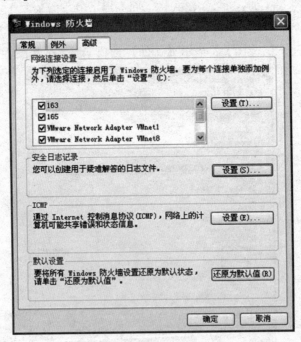

图 7-5 【高级】选项卡界面

步骤三 在【高级】选项卡中，可选择下列操作。

① 单击【网络连接设置】设置区的【设置】按钮，打开【高级设置】对话框，如图7-6所示。根据需要进行设置，完成后单击【确定】按钮。

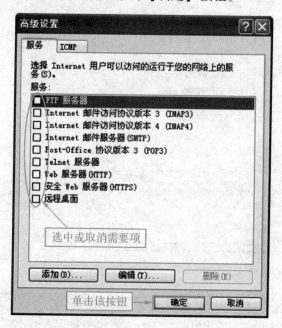

图7-6 【高级设置】对话框

② 单击【安全日志记录】设置区中的【设置】按钮，打开【日志设置】对话框，如图7-7 所示。根据需要进行设置，完成后单击【确定】按钮。

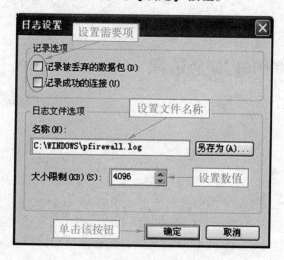

图7-7 【日志设置】对话框

③ 单击【ICMP】设置区中的【设置】按钮，打开【ICMP 设置】对话框，如图 7-8 所示。根据需要进行设置，完成后单击【确定】按钮。

④ 若要还原【Windows 防火墙】的设置，单击【默认设置】设置区中的【还原为默认值】按钮，弹出【还原为默认值确认】警告对话框，如图 7-9 所示，然后单击【是】按钮。

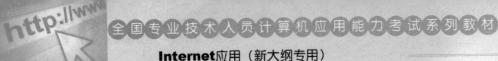
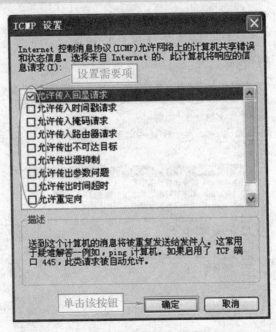

图 7-8 【ICMP 设置】对话框

图 7-9 【还原为默认值确认】对话框

7.2 设置 Internet 安全选项

7.2.1 Cookie 安全设置

Cookie 是由服务器端生成，发送给 User-Agent（一般是浏览器），浏览器会将 Cookie 的 key/value 保存到某个目录下的文本文件内，下次请求同一网站时就发送该 Cookie 给服务器（前提是浏览器设置为启用 Cookie）。Cookie 名称和值可以由服务器端开发自己定义的，对于 JSP 而言也可以直接写入 jsessionid，这样服务器可以知道该用户是否为合法用户以及是否需要重新登录等。

Cookie 本身不会给计算机带来安全威胁，但是随着网络的迅速发展，利用网络传递信息，通常会涉及一些个人隐私，而 Cookie 将是被攻击的对象，对此，需要对 Cookie 进行设置，来保护个人隐私安全。

如果要对 Cookie 进行设置，可选择下列设置。

1）如果删除计算机中存储的 Cookie，具体操作步骤如下。

打开【Internet 选项】对话框。

单击【删除 Cookies】按钮，打开【删除 Cookies】警告对话框，如图 7-10 所示。

图 7-10 【删除 Cookies】警告对话框

单击【确定】按钮。

2）如果要设置关闭浏览器时清空 Internet 临时文件，具体操作步骤如下。

打开【Internet 选项】对话框。

单击【高级】选项卡，选中【设置】列表框中的【关闭浏览器时清空 Internet 临时文件】复选框。

单击【确定】按钮。

3）如果要设置控制网站对 Cookie 的使用，具体操作步骤如下。

打开【Internet 选项】对话框并切换至【隐私】选项卡，如图 7-11 所示。

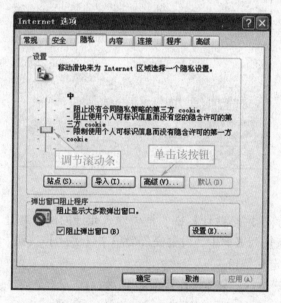

图 7-11 【隐私】选项卡

根据需要可选择【阻止所有 Cookie】、【高】、【中高】、【中】、【低】和【接受所有 Cookies】。

单击【高级】按钮，打开【高级隐私策略设置】对话框，如图 7-12 所示。

选择需要的选项，然后单击【确定】按钮。

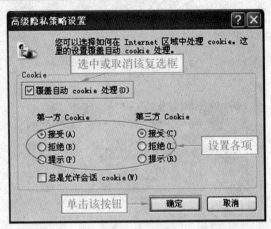

图 7-12 【高级隐私策略设置】对话框

步骤5 单击【弹出窗口阻止程序】设置区中的【设置】按钮，打开【弹出窗口阻止程序设置】对话框，如图 7-13 所示。

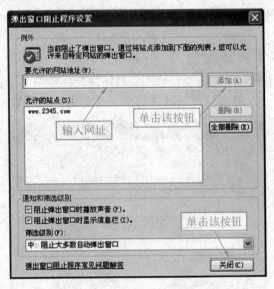

图 7-13 【弹出窗口阻止程序设置】对话框

步骤6 在【要允许的网站地址】文本框中输入允许的网站地址，单击【添加】按钮，将添加到【允许的站点】列表框中，设置完成后单击【关闭】按钮。

步骤7 单击【确定】按钮。

4）如果要添加信任站点，具体操作步骤如下。

步骤1 打开【Internet 选项】对话框。

步骤2 单击【请为不同区域的 Web 站点指定安全设置】列表中的【受信任的站点】图标。

步骤3 单击【站点】按钮，打开【可信站点】对话框，如图 7-14 所示。

步骤4 在【将该网站添加到区域中】文本框中输入信任的网址，单击【添加】按钮，将添加到【网站】列表框中。

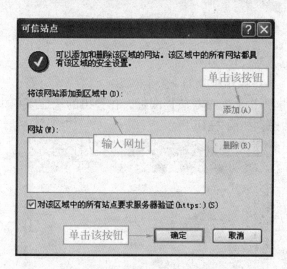

图 7-14 【可信站点】对话框

单击【确定】按钮。

单击【确定】按钮。

5）如果要添加受限制站点，具体操作步骤如下。

打开【Internet 选项】对话框。

单击【请为不同区域的 Web 站点指定安全设置】列表中的【受限制的站点】图标。

单击【站点】按钮，打开【受限站点】对话框，如图 7-15 所示。

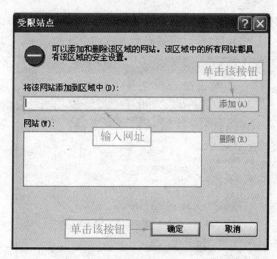

图 7-15 【受限站点】对话框

在【将该网站添加到区域中】文本框中输入要限制的网址，单击【添加】按钮，将添加到【网站】列表框中。

单击【确定】按钮。

单击【确定】按钮。

7.2.2 Windows 自动更新

1）设置自动更新，具体操作步骤如下。

步骤1 用鼠标右键单击【我的电脑】图标，在弹出的快捷菜单中选择【属性】命令，打开【系统属性】对话框，如图7-16所示。

图7-16 【系统属性】对话框

步骤2 单击【自动更新】选项卡，选中【下载更新，但是由我来决定什么时候安装】单选钮，单击【确定】按钮，用户即可自行设置更新的方式和更新的频率，如图7-17所示。

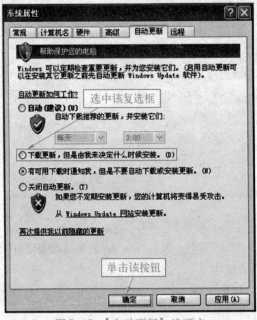

图7-17 【自动更新】选项卡

2）如果要设置程序有更新时提示，具体操作步骤如下。

步骤 1 用鼠标右键单击【我的电脑】图标，在弹出的快捷菜单中选择【属性】命令，打开【系统属性】对话框。

步骤 2 单击【自动更新】选项卡，选中【有可用下载时通知我，但是不要自动下载或安装更新】单选钮。

步骤 3 单击【确定】按钮，系统有更新时将显示 图标。

3）如果要对显示的更新下载或安装，具体操作步骤如下。

步骤 1 单击托盘区的 图标，将打开【自动更新】对话框，如图7-18所示。

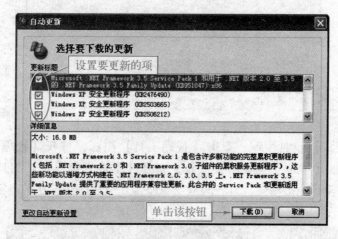

图7-18 【自动更新】对话框

步骤 2 选中要下载更新的复选框，并取消选中不做更新的复选框，单击【下载】按钮，打开【隐藏更新】对话框，如图7-19所示。

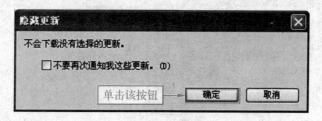

图7-19 【隐藏更新】对话框

步骤 3 单击【确定】按钮。

再次单击 图标时，将打开【您想怎样安装更新】对话框，如图7-20所示。单击【安装】按钮，将开始安装。

4）如果要关闭自动更新，具体操作步骤如下。

步骤 1 用鼠标右键单击【我的电脑】图标，在弹出的快捷菜单中选择【属性】命令，打开【系统属性】对话框。

步骤 2 单击【自动更新】按钮，选中【关闭自动更新】单选钮，然后单击【确定】按钮。

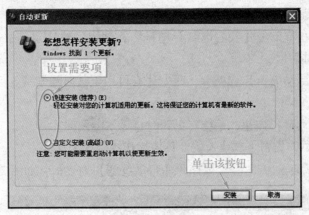

图7-20 【您想怎样安装更新？】对话框

7.3 本地安全设置

打开【控制面板】经典视图，双击【管理工具】图标，打开【管理工具】窗口，如图7-21所示，双击【本地安全策略】图标，打开【本地安全设置】窗口，如图7-22所示。在此可通过菜单栏上的命令设置各种安全策略，并可选择查看方式，导出列表及导入策略等操作。

图7-21 【管理工具】窗口

在【控制面板】分类视图中，单击【性能和维护】超链接，打开【性能和维护】窗口，单击【管理工具】超链接，打开【管理工具】窗口，双击【本地安全策略】图标，打开【本地安全策略】的主界面。在此可通过菜单栏上的命令设置各种安全策略，并可选择查看方式，导出列表及导入策略等操作。

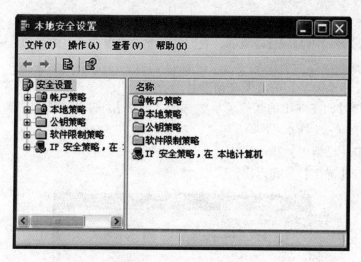

图 7-22　【本地安全设置】窗口

1. 加固系统账户

通过在【本地安全策略】中进行设置，可以抵御外来程序的入侵行为，具体操作步骤如下。

步骤 1　在【本地安全策略】左侧列表框的【安全设置】列表中，单击【本地策略】的【安全选项】命令。

步骤 2　查看右侧的相关策略列表，用鼠标右键单击【网络访问：不允许 SAM 账户和共享的匿名枚举】，在弹出的菜单中选择【属性】，打开【网络访问：不允许 SAM 账户和共享的匿名枚举 属性】对话框，如图 7-23 所示，选中【已启用】单选钮。

步骤 3　单击【应用】按钮使设置生效。

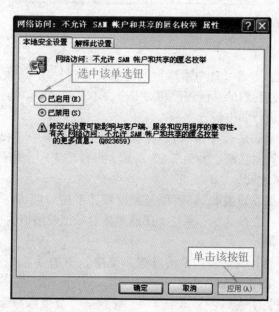

图 7-23　【网络访问：不允许 SAM 账户和共享的匿名枚举 属性】对话框

2. 账户管理

为了防止入侵者利用漏洞登录机器，我们要在此设置重命名系统管理员账户名称及禁用来宾账户，具体操作步骤如下。

步骤1 在【本地策略】的【安全选项】分支中，用鼠标右键单击右侧窗格中的【账户：来宾账户状态】，在弹出的快捷菜单中选择【属性】，打开【账户：来宾账户状态 属性】对话框，如图7-24所示。

步骤2 选中【已禁用】单选钮。

步骤3 单击【确定】按钮退出。

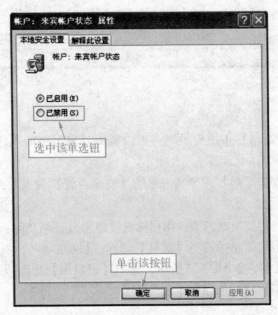

图7-24 【账户：来宾账户状态 属性】对话框

3. 加强密码安全

在【安全设置】中，单击【账户策略】的【密码策略】命令，在其右侧窗格中，可酌情进行相应的设置，以使我们的系统密码相对安全，不易被破解。防破解的一个重要手段就是定期更新密码，可以进行如下设置：

用鼠标右键单击【密码最长存留期】，在弹出的快捷菜单中选择【属性】命令，打开【密码最长存留期 属性】对话框，如图7-25所示，可自定义一个密码设置后能够使用的时间长短（限定于1~999之间）。

此外，通过【本地安全设置】，还可以通过设置【审核对象访问】，跟踪用于访问文件或其他对象的用户账户、登录尝试、系统关闭或重新启动以及类似的事件。

4. 设置账户锁定策略

打开【本地安全设置】对话框，单击【账户策略】下的【账户锁定策略】，显示【账户锁定策略】右窗格，如图7-26所示。

在【账户锁定策略】右窗格中有3个选项，分别是【复位账户锁定计数器】、【账户锁定时间】和【账户锁定阈值】。

下面以对【账户锁定阈值】设置为例，进行说明。

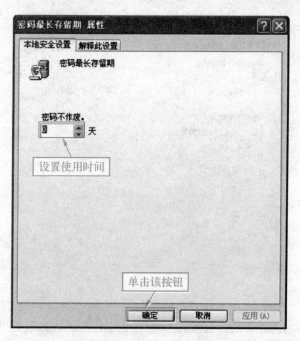

图 7-25 【密码最长存留期 属性】对话框

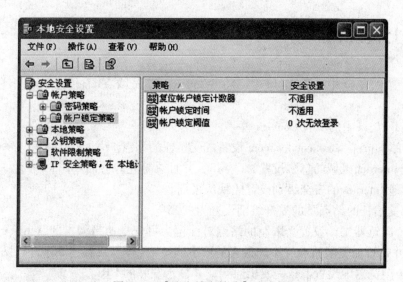

图 7-26 【账户锁定策略】右窗格

对【账户锁定阈值】设置，具体操作步骤如下。

步骤 1 显示【账户锁定策略】右窗格。

步骤 2 用鼠标右键单击【账户锁定阈值】，在弹出的快捷菜单中选择【属性】或双击【账户锁定阈值】，打开【账户锁定阈值 属性】对话框，如图 7-27 所示。

步骤 3 在【账户不锁定】数值框中设置 1 ~ 999 的数值，如果设置的数值为 0，那么将始终不锁定该账户。

步骤 4 单击【确定】按钮。

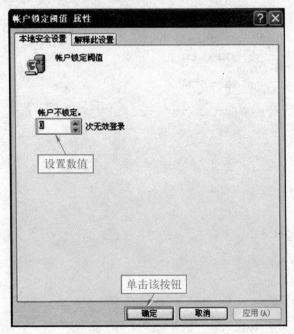

图 7-27 【账户锁定阈值 属性】对话框

7.4 上机练习

1. 在当前"安全中心"窗口中，将 Windows 防火墙在日志记录大小限制设置为 1024 KB。

2. 删除 IE 记录中的所有 Cookies。

3. 将网站 http://www.cctykw.com 设置成受信任的站点。

4. 请将 Internet 区域的隐私设置为"高"，并且总是允许会话 Cookies。

5. 将本地 Internet 的安全级别设置成默认级别。

6. 将"受信任的站点"的安全级别设置为"高"。

7. 在 IE 浏览器中，设置受限制的站点对标记为可安全执行脚本的 ActiveX 控件执行脚本为启用，并且添加受限站点"中国最大的军事网站"（按题目叙述顺序进行操作）。

8. 在 IE 浏览器中设置下载完发出通知，并显示友好的 URL。

9. 将 IE 设置成当文件下载完成后发出通知。

10. 在当前"安全中心"窗口中，开启 Windows 自动更新，在有可用下载时通知用户，但是不自动下载或安装更新。

11. 在当前的"控制面板"窗口中，设置 Windows 防火墙的日志记录被丢弃的数据包。

12. 在"管理工具"窗口中，设置账户登录超过 5 次时锁定账户。

13. 在当前界面"管理工具"窗口中，设置 Windows 密码策略，将密码长度最小值设置为 8 个字符。

14. 在本地安全策略中启用"密码必须符合复杂性要求"。

上机操作提示（具体操作详见随书光盘中【手把手教学】第 7 章 1~14 题）

1. 步骤1 单击【Windows 防火墙】，打开【Windows 防火墙】对话框。

步骤2 单击【高级】选项卡，单击【设置】按钮，打开【日志设置】对话框。

步骤3 设置【大小限制】数值框内容为【1024】，单击【确定】按钮。

步骤4 单击【确定】按钮。

2. 步骤1 双击【Internet Explorer】，单击【工具】菜单→【Internet 选项】命令，打开【Internet 选项】对话框。

步骤2 单击【删除 Cookies】按钮，打开【删除 Cookies】对话框。

步骤3 依次单击【确定】按钮。

3. 步骤1 双击【Internet Explorer】，单击【工具】菜单→【Internet 选项】命令，打开【Internet 选项】对话框。

步骤2 单击【安全】选项卡，单击【受信任的站点】，单击【站点】按钮，打开【可信站点】对话框。

步骤3 在【将该网站添加到区域中】输入"http：//www.cctykw.com"，单击【添加】按钮。

步骤4 单击【确定】按钮。

4. 步骤1 双击【Internet Explorer】，单击【工具】菜单→【Internet 选项】对话框。

步骤2 单击【隐私】选项卡，向上拖曳滑块，单击【高级】按钮，打开【高级隐私策略设置】对话框。

步骤3 选中【覆盖自动 Cookies 处理】复选框，选中【总是允许会话 Cookie】复选框，单击【确定】按钮。

步骤4 单击【确定】按钮。

5. 步骤1 双击【Internet Explorer】，单击【工具】菜单→【Internet 选项】对话框，打开【Internet 选项】对话框。

步骤2 单击【安全】选项卡，单击【本地 Intranet】，单击【默认级别】按钮。

步骤3 单击【确定】按钮。

6. 步骤1 双击【Internet Explorer】，单击【工具】菜单→【Internet 选项】命令，打开【Internet 选项】对话框。

步骤2 单击【安全】选项卡，单击【受信任站点】，单击【默认级别】按钮。

步骤3 拖曳滑块至【安全级 - 高】，单击【确定】按钮。

7. 步骤1 单击【工具】菜单→【Internet 选项】命令，打开【Internet 选项】对话框。

步骤2 单击【安全】选项卡，单击【受限制的站点】，单击【自定义级别】按钮，打开【安全设置】对话框。

步骤3 选中【对标记为可安全执行脚本的 ActiveX 控件执行脚本】列表下的【启用】单选钮，单击【确定】按钮，打开【警告】对话框。

步骤4 单击【是】按钮。

步骤5 单击【站点】按钮，打开【受限站点】对话框。

步骤6 在【将该网站添加到区域中】文本框中输入"中国最大的购物网站"，单击

【添加】按钮。

步骤7 依次单击【确定】按钮。

8. **步骤1** 双击【Internet Explorer】，单击【工具】菜单→【Internet 选项】对话框。

步骤2 单击【高级】选项卡，选中【设置】列表框中的【下载完成后发出通知】复选框，选中【显示友好的 URL】复选框。

步骤3 单击【确定】按钮。

9. **步骤1** 单击【工具】菜单→【Internet 选项】命令，打开【Internet 选项】对话框。

步骤2 单击【高级】选项卡，选中【下载完成后发出通知】复选框。

步骤3 单击【确定】按钮。

10. **步骤1** 单击【自动更新】，打开【自动更新】对话框。

步骤2 选中【有可用下载时通知我，但是不要自动下载或安装更新】单选钮，单击【确定】按钮。

11. **步骤1** 单击【控制面板】下的【切换到分类视图】，单击【网络和 Internet 连接】。

步骤2 单击【更改 Windows 防火墙设置】，打开【Windows 防火墙】对话框。

步骤3 单击【高级】选项卡，单击【设置】按钮，打开【日志设置】对话框。

步骤4 选中【记录被丢弃的数据包】复选框，单击【确定】按钮。

步骤5 单击【确定】按钮。

12. **步骤1** 用鼠标右键单击【本地安全策略】，在弹出的快捷菜单中选择【打开】，打开【本地安全设置】对话框。

步骤2 单击【安全设置】下的【账户策略】，单击右侧窗格中的【账户锁定策略】，双击【账户锁定策略】。

步骤3 单击【账户锁定阈值】，单击工具栏中的【属性】按钮，打开【账户锁定阈值属性】对话框。

步骤4 设置【账户锁定阈值】为【5】次无效登录，单击【确定】按钮，打开【建议的数值改动】对话框。

步骤5 单击【确定】按钮。

13. **步骤1** 用鼠标右键单击【本地安全策略】，在弹出的快捷菜单中选择【打开】，打开【本地安全设置对话框】。

步骤2 单击【安全设置】下的【账户策略】，单击【名称】列表中的【密码策略】，单击【操作】菜单→【打开】命令。

步骤3 单击【策略】列表中的【密码长度最小值】，单击【操作】菜单→【属性】命令，打开【密码长度最小值 属性】对话框。

步骤4 设置【密码长度最小值】为【8】，单击【确定】按钮。

14. **步骤1** 用鼠标右键单击【本地安全策略】，在弹出的快捷菜单中选择【打开】，单击【安全设置】列表中的【账户策略】前的【+】，单击【安全设置】列表中的【密码策略】。

步骤2 单击【密码必须符合复杂性要求】，单击【操作】菜单→【属性】命令，打开【密码必须符合复杂性要求 属性】对话框。

步骤3 选中【已启用】单选钮，单击【确定】按钮，单击窗口空白处。

第 8 章　杀毒软件的使用

目前杀毒软件的使用已相当广泛，几乎是装机必备的软件。使用杀毒软件可以有效查杀和防治各种病毒、拦截恶意软件、监控垃圾邮件等，对于保护用户的数据安全具有重要意义。

本章详细讲解查杀病毒、病毒的防护、升级设置、金山毒霸 2008 软件中的工具、金山清理专家。

8.1　查杀病毒

8.1.1　在线查病毒

首先在计算机中安装金山毒霸 2008 杀毒软件，然后开始对计算机进行在线查杀病毒，具体操作步骤如下。

步骤 1　打开【金山毒霸 2008】主界面，如图 8-1 所示。

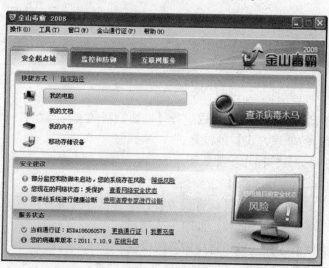

图 8-1　【金山毒霸 2008】主界面

步骤 2　单击【操作】菜单→【金山毒霸在线查毒】命令，链接到【金山体检】网页同时弹出要求安装安全空间。

步骤 3　单击【是】按钮。

步骤 4 安装成功后，单击【开始扫描】按钮。

步骤 5 开始进行在线查毒。

8.1.2 杀毒设置

1）设置手动杀毒，具体操作步骤如下。

步骤 1 打开【金山毒霸2008】主界面，如图8-1所示。

步骤 2 单击【工具】菜单→【综合设置】命令，打开【综合设置－杀毒设置】窗口。

步骤 3 选择【手动杀毒】选项，如图8-2所示。

图 8-2 【手动杀毒】界面

步骤 4 在【手动杀毒】区域内可以进行【需要扫描的文件类型】、【需要扫描的其他内容】和【发现病毒时的处理方式】的设置。

2）设置屏保杀毒，具体操作步骤如下。

步骤 1 打开【金山毒霸2008】主界面，如图8-1所示。

步骤 2 单击【工具】菜单→【综合设置】命令，打开【综合设置－杀毒设置】窗口。

步骤 3 选择【屏保杀毒】选项，如图8-3所示。

步骤 4 在【屏保杀毒】区域下选择需要的设置。

- 选中【自动防护】复选框，可以进行屏保杀毒设置。
- 选中【查毒时显示界面】复选框，可以在查毒时显示界面。
- 选中【自动清除】单选钮，可以在查出病毒后自动清除病毒。
- 选中【通知并让用户选择处理】单选钮，可以在查出病毒后询问用户处理方式。

步骤 5 单击【确定】或【应用】按钮，设置生效。

图 8-3 【屏保杀毒】界面

3）设置定时杀毒，具体操作步骤如下。

步骤1 打开【金山毒霸 2008】主界面，如图 8-1 所示。

步骤2 单击【工具】菜单→【综合设置】命令，打开【综合设置-杀毒设置】窗口。

步骤3 选择【定时杀毒】选项，如图 8-4 所示。

步骤4 在【方案设置】区域下，进行需要的设置。

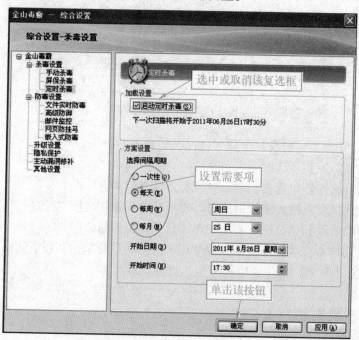

图 8-4 【定时杀毒】界面

病毒的防护

8.2.1　设置文件实时防毒

设置文件实时防毒，具体操作步骤如下。

步骤 1　打开【金山毒霸2008】主界面。

步骤 2　单击【工具】菜单→【综合设置】命令，打开【综合设置 – 防毒设置】窗口。

步骤 3　选择【文件实时防毒】选项，如图8-5所示。

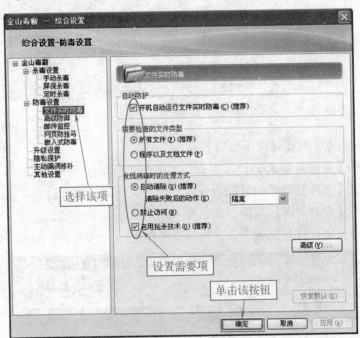

图8-5　【文件实时防毒】界面

步骤 4　在【文件实时防毒】区域下选择下列操作。

- 选中【自动防护】单选框，表示开机时自动启动对文件实时防毒。
- 选中【所有文件】单选钮，表示对所有文件进行实时防毒。
- 选中【程序以及文档文件】单选钮，表示只对程序和文档文件进行实时防毒。
- 选中【自动清除】单选钮，表示发现病毒系统自动清除。
- 选中【启用抢杀技术】复选框，表示在系统启动最开始，彻底清除病毒。

步骤 5　单击【确定】或【应用】按钮，设置生效。

8.2.2　设置高级防御

设置高级防御，具体操作步骤如下。

步骤1 打开【金山毒霸2008】主界面。

步骤2 单击【工具】菜单→【综合设置】命令，打开【综合设置－防毒设置】窗口。

步骤3 选择【高级防御】选项，如图8-6所示。

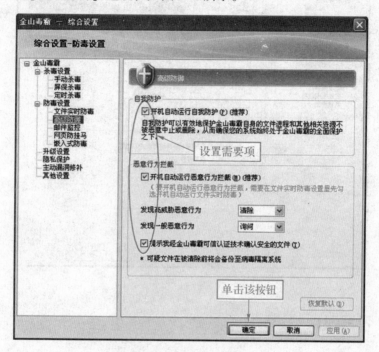

图8-6 【高级防御】界面

步骤4 在【高级防御】区域下，选择下列操作。

- 选中【开机时自动运行自我防护】复选框，表示自我防护可以有效地保护金山毒霸自身的文件进程和其他相关资源不被恶意中止或删除，从而确保系统始终处于金山毒霸的全面保护之中。

- 选中【开机自动运行恶意行为拦截】复选框，开机时可以自动拦截恶意的行为侵入。

步骤5 单击【确定】或【应用】按钮。

8.2.3 设置邮件监控

设置邮件监控，具体操作步骤如下。

步骤1 打开【金山毒霸2008】主界面。

步骤2 单击【工具】菜单→【综合设置】命令，打开【综合设置－防毒设置】窗口。

步骤3 选择【邮件监控】选项，如图8-7所示。

步骤4 在【邮件监控】区域下，选择下列操作。

- 选中【开机自动运行邮件监控】，表示开机时自动进行对邮件的监控。

- 在【扫描选项】区域内，可以设置扫描邮件的类型。

- 在【发现病毒时的处理方式】区域内，可以设置发现病毒后的处理方式。

步骤5 单击【确定】或【应用】按钮，设置生效。

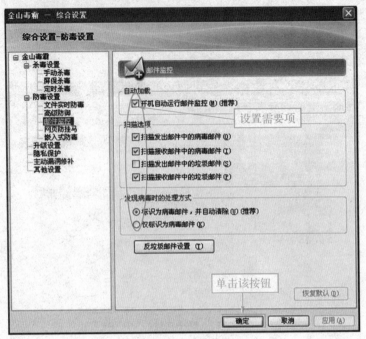

图 8-7 【邮件监控】界面

8.2.4 设置网页防挂马

设置网页防挂马，具体操作步骤如下。

步骤1 打开【金山毒霸 2008】主界面。

步骤2 单击【工具】菜单→【综合设置】命令，打开【综合设置－防毒设置】窗口。

步骤3 选择【网页防挂马】选项，如图 8-8 所示。

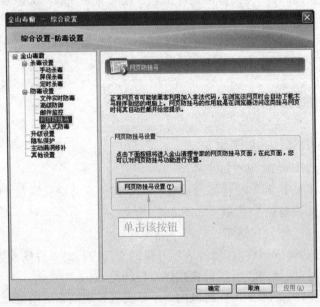

图 8-8 【网页防挂马】界面

步骤④ 单击【网页防挂马设置】按钮，打开【金山清理专家】界面，如图8-9所示。

图8-9 【金山清理专家】界面

步骤⑤ 在该界面中进行需要的操作。

8.2.5 设置嵌入式防毒

设置嵌入式防毒，具体操作步骤如下。

步骤① 打开【金山毒霸2008】主界面。

步骤② 单击【工具】菜单→【综合设置】命令，打开【综合设置－防毒设置】窗口。

步骤③ 选择【嵌入式防毒】选项，如图8-10所示。

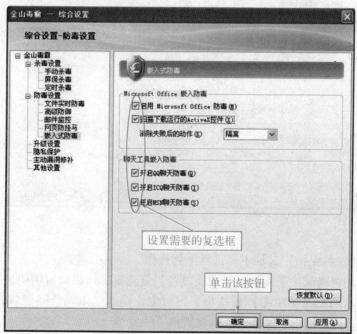

图8-10 【嵌入式防毒】界面

步骤 4 在【嵌入式防毒】区域下，选择下列操作。

- 在【Microsoft Office 嵌入防毒】区域内，如果选中【启用 Microsoft Office 防毒】复选框，则在编辑 Office 文档时金山毒霸会自动嵌入到应用程序中，查杀病毒；如果选中【扫描下载运行的 ActiveX 控件】复选框，则在下载控件时进行查杀病毒。
- 在【聊天工具嵌入防毒】区域内，如果选中【开启 QQ 聊天防毒】复选框，则在开启 QQ 聊天时会嵌入进行防毒保护；如果选中【开启 ICQ 聊天防毒】复选框，则在启动 ICQ 聊天时会嵌入进行防毒保护；如果选中【开启 MSN 聊天防毒】复选框，则在启动 MSN 聊天时会嵌入进行防毒保护。

步骤 5 单击【确定】或【应用】按钮，设置生效。

8.2.6 设置隐私保护

设置隐私保护，具体操作步骤如下。

步骤 1 打开【金山毒霸 2008】主界面。

步骤 2 单击【工具】菜单→【综合设置】命令，打开【综合设置-隐私保护】窗口。

步骤 3 选择【隐私保护】选项，如图 8-11 所示。

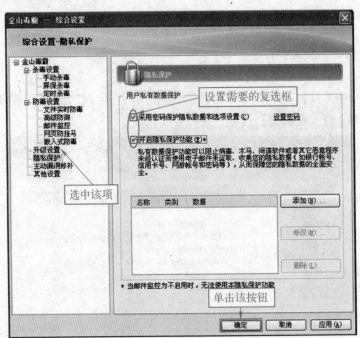

图 8-11 【隐私保护】界面

步骤 4 在【隐私保护】区域下，选择下列操作。

- 选中【采用密码保护隐私数据和选项设置】复选框，可以设置密码进行隐私保护。
- 选中【开启隐私保护功能】复选框，可以阻止病毒、木马、间谍软件或其他恶意程序未经认证而使用电子邮件盗取隐私数据。

步骤 5 单击【确定】或【应用】按钮，设置生效。

8.3 升级设置

8.3.1 金山毒霸 2008 的快速升级

如果要用快速升级，具体操作步骤如下。

步骤1 打开【金山毒霸 2008】主界面。

步骤2 单击【工具】菜单→【在线升级】命令，打开【金山毒霸在线升级程序】对话框，如图 8-12 所示。

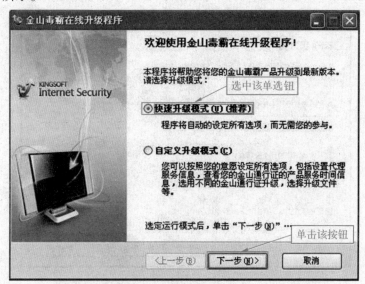

图 8-12 【金山毒霸在线升级程序】对话框

步骤3 选中【快速升级模式】单选钮。

步骤4 单击【下一步】按钮，进入【分析升级信息文件】界面，如图 8-13 所示。

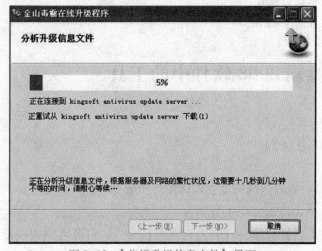

图 8-13 【分析升级信息文件】界面

步骤5 按照提示进行操作。

步骤6 单击【完成】按钮。

8.3.2 金山毒霸 2008 的自定义升级

如果要自定义升级，具体操作步骤如下。

步骤1 打开【金山毒霸 2008】主界面。

步骤2 单击【工具】菜单→【在线升级】命令，打开【金山毒霸在线升级程序】对话框。

步骤3 选中【自定义升级模式】单选钮。

步骤4 单击【下一步】按钮，打开【选择升级方式】界面，如图 8-14 所示。

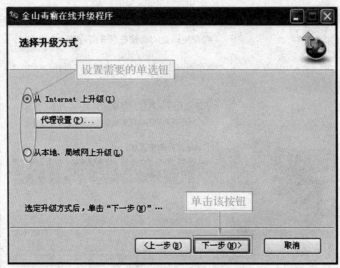

图 8-14 【选择升级方式】界面

步骤5 在对话框中选择【从 Internet 上升级】或【从本地、局域网上升级】单选钮。

步骤6 单击【下一步】按钮。

步骤7 按照提示进行操作。

步骤8 单击【完成】按钮。

8.4 金山毒霸 2008 软件中的工具

8.4.1 日志查看器

如果要查看日志查看器内的选项，具体操作步骤如下。

步骤1 打开【金山毒霸 2008】主界面。

步骤2 单击【工具】菜单→【日志查看器】命令，打开【金山毒霸日志查看器】对话框，如图 8-15 所示。

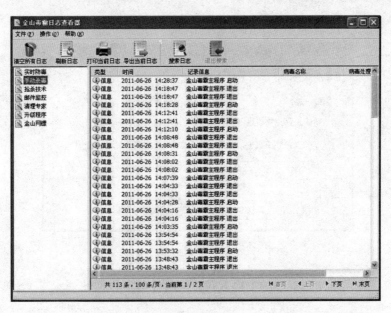

图 8-15　【金山毒霸日志查看器】对话框

步骤3 在该对话框中，查看每一次查毒操作的详细情况。

8.4.2　可疑文件扫描

如果要对可疑文件进行扫描，具体操作步骤如下。

步骤1 打开【金山毒霸 2008】主界面。

步骤2 单击【工具】菜单→【可疑文件扫描】命令，打开【金山毒霸 - 可疑文件扫描工具】对话框，如图 8-16 所示。

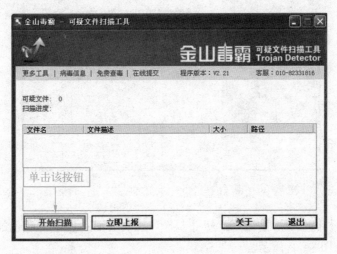

图 8-16　【金山毒霸 - 可疑文件扫描工具】对话框

步骤3 单击【开始扫描】按钮。

步骤4 扫描完成后，如果发现可疑文件，单击【立即上报】按钮，弹出【选择上报方

式】对话框，如图8-17所示。

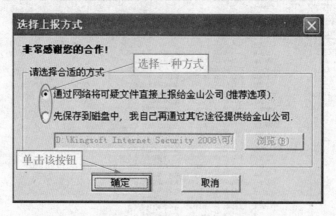

图8-17 【选择上报方式】对话框

步骤⑤ 在该对话框中选择一种上报方式，单击【确定】按钮。

8.4.3 创建应急U盘

1）如果是首次创建应急U盘，具体操作步骤如下。

步骤① 打开【金山毒霸2008】主界面。

步骤② 单击【工具】菜单→【创建应急U盘】命令，打开【金山毒霸应急U盘创建程序】对话框，如图8-18所示。

图8-18 【金山毒霸应急U盘创建程序】对话框

步骤③ 单击【下一步】按钮，打开【制作声明】界面，选中【我已经仔细阅读了这份声明】复选框，如图8-19所示。

步骤④ 单击【下一步】按钮，打开【制作参数】界面，如图8-20所示。

步骤⑤ 可根据需要选择【工作模式】，单击【下一步】按钮，打开提示对话框，确定U盘中无有用数据或已对有用数据做出备份后，单击【确定】按钮。

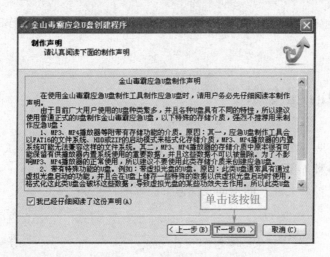

图 8-19 【制作声明】界面

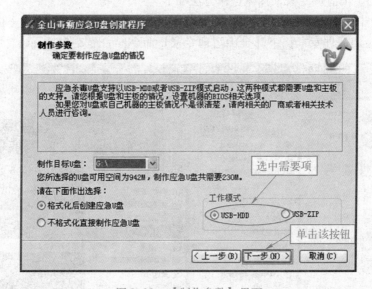

图 8-20 【制作参数】界面

之后我们需要完善 U 盘启动部分的数据制作和应急杀毒部分的数据制作。

① U 盘的启动部分数据制作完毕后，弹出提示对话框，根据提示进行操作，完成后单击【下一步】按钮。

② 应急杀毒部分数据制作完毕后，显示完成界面，单击【完成】按钮。

完成操作后，便制作出杀毒应急 U 盘。

2）如果是非首次制作金山毒霸应急 U 盘步骤。

除无须制作启动和首次安装步骤基本相同，可根据提示完成操作。

3）使用金山毒霸应急 U 盘。

请插入创建好的应急 U 盘。

重新启动计算机，应急 U 盘将自动对计算机进行全盘查毒。

注意：在创建应急 U 盘之前，首先应确定主板和 U 盘所支持的 U 盘启动方式，若 U 盘内有有用数据，请先备份 U 盘内的数据。

在首次制作金山毒霸应急 U 盘时，需制作启动部分数据，以后制作时，则无须制作启动部分的数据。

8.5　金山清理专家

金山清理专家是一款对个人电脑健康综合评定并一站式解决用户个人电脑安全威胁的工具软件。提供对各种外部威胁（木马、插件、恶意软件），内部威胁（系统漏洞、历史痕迹）及未知威胁（可疑文件）的主动式快速解决方案。

8.5.1　启动金山清理专家

如果要启动金山清理专家，具体操作方法如下。

方法 1　单击桌面下方任务栏中的【开始】按钮→【所有程序】→【金山毒霸 2008 杀毒套装】→【金山清理专家】→【金山清理专家】命令，如图 8-21 所示。

图 8-21　启动金山清理专家

方法 2　双击桌面上的【金山清理专家】图标。

8.5.2　金山清理专家为系统打分

启动金山清理专家后，清理专家会扫描系统中的恶意软件、系统漏洞、病毒、可疑文件、未知文件、启动项过多、系统盘空间、杀毒软件安装等情况，然后按照各项安全评分标准为您的系统打出健康指数得分，如图 8-22 所示。

图 8-22　【检查系统健康指数】界面

8.5.3　恶意软件查杀

金山清理专家可以对恶意软件进行查杀，以保护计算机系统的安全，如图 8-23 所示，具体功能如下。

- 彻底查杀 300 多款恶意软件、广告软件及隐蔽软件，增强的恶意软件查杀引擎，使用文件粉碎器和抗 Rootkits 技术，彻底清除使用 Rootkits 技术进行保护和伪装的恶意软件。

图 8-23　【金山清理专家】界面

- 检查、卸载超过 200 余种 IE 插件、系统插件和广告软件，一次性清除多种恶意软件和插件的混合安装，快速恢复系统，无须重复操作。
- 独创插件信任列表管理，避免误删除自己喜爱的有益插件。

8.5.4　管理第三方插件

插件是一种遵循一定规范的应用程序接口编写出来的程序。很多软件都有插件，插件有无数种。例如在 IE 中，安装相关的插件后，Web 浏览器能够直接调用插件程序，用于处理特定类型的文件。

有些插件程序能够帮助用户更方便地浏览互联网或调用上网辅助功能，也有部分程序被人称为广告软件（Adware）或间谍软件（Spyware）。此类恶意插件程序监视用户的上网行为，并把所记录的数据报告给插件程序的创建者，以达到投放广告、盗取游戏或银行账号密码等非法目的。

1）如果要清除第三方恶意插件，具体操作步骤如下。

步骤 1　启动【金山清理专家】主界面。

步骤 2　单击【第三方插件】按钮，如图 8-24 所示。

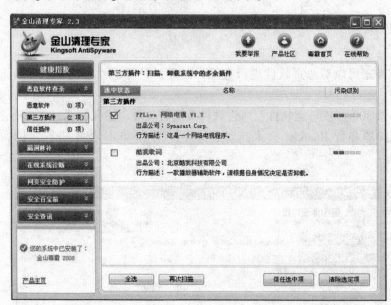

图 8-24　设置要清除项

步骤 3　选中要清除插件前的复选框。

步骤 4　单击【清除选定项】按钮。

2）如果要对信任插件进行管理，具体操作步骤如下。

步骤 1　打开【金山清理专家】主界面。

步骤 2　单击【信任插件】按钮，如图 8-25 所示。

步骤 3　如果单击【不再信任选中项】按钮，该插件将被设定为恶意插件；如果单击【清除选定项】按钮，该插件将被清除。

图 8-25 【信任插件】界面

8.5.5 漏洞修补

1）如果系统有漏洞需要进行修补，具体操作步骤如下。

步骤 1 打开【金山清理专家】主界面。

步骤 2 单击【漏洞修补】按钮，打开【系统漏洞】界面，如图 8-26 所示。

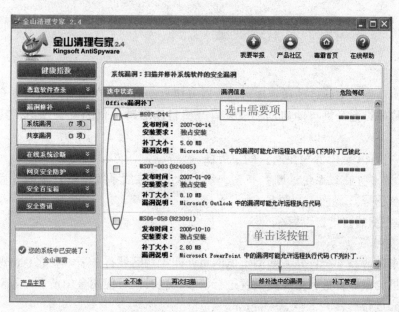

图 8-26 【系统漏洞】界面

步骤 3 选中需要修补的漏洞复选框，单击【修补选中的漏洞】按钮进行修复。

2）如果要修复共享漏洞，具体操作步骤如下。

步骤1 打开【金山清理专家】主界面。

步骤2 单击【漏洞修补】下的【共享漏洞】按钮，打开【共享漏洞】界面，如图8-27所示。

图8-27 【共享漏洞】界面

步骤3 选中需要修复的漏洞，单击【取消共享】命令。

8.5.6 使用浏览器及系统修复

1. 启动项管理

通过金山清理专家的启动项管理可以查看开机自动启动的项目并可查看安全评估。

如果想具体设置开机自动启动项或查看开机自动启动项目的安全评估，具体操作步骤如下。

步骤1 打开【金山清理专家】的主界面。

步骤2 单击【在线系统诊断】按钮，然后单击【在线系统诊断】下的【启动项管理】，打开【启动项管理】界面，如图8-28所示。

步骤3 根据需要进行设置。

2. 浏览器修复

上网搜索资料经常会打开一些浏览器网页，而无意间就打开了一些恶意修改的脚本，经常会对计算机浏览器设置和系统的设置进行修改，这时便可使用金山清理专家对浏览器的设置和扩展功能进行修复。

如果要对浏览器网页进行修复，具体操作步骤如下。

步骤1 打开【金山清理专家】的主界面。

步骤2 单击【浏览器修复】按钮，打开【浏览器修复】界面，如图8-29所示。

图 8-28　【启动项管理】界面

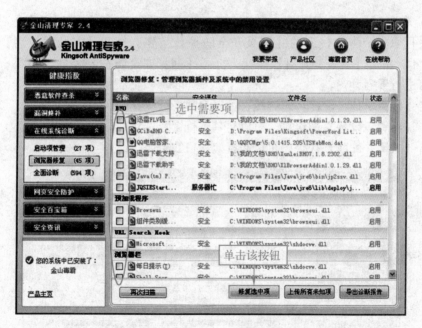

图 8-29　【浏览器修复】界面

选中需要修复的项目复选框，单击【修复选中项】按钮。

3. 全面诊断

如果计算机系统存在问题，我们可通过金山清理专家【全面诊断】做出诊断信息，还可以做出修复与导出诊断报告。

打开【金山清理专家】主界面，单击【在线系统诊断】下的【全面诊断】按钮，打开【全面诊断】界面，如图 8-30 所示。可根据需要对其进行设置。

图 8-30 　【全面诊断】界面

如果网页经常被木马程序、病毒和恶意程序所攻击，可对【网页安全防护】进行设置。

单击【网页安全防护】下的【网页安全防护】按钮，打开【安装并开启】界面，如图 8-31 所示，单击【安装并开启】按钮，打开【网页安全防护】界面，如图 8-32 所示。在此界面可进行下列设置。

- 单击【网页防挂马设置】超链接，可以对其进行设置。
- 单击【反钓鱼设置】超链接，可以对其进行设置。
- 单击【关闭并卸载】按钮，可以卸载此项目并关闭。

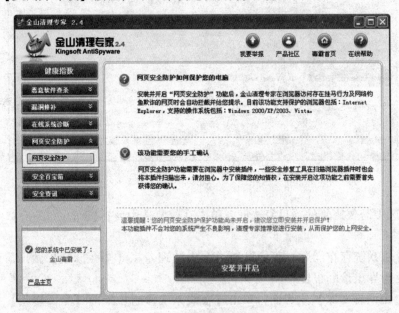

图 8-31 　【安装并开启】界面

图 8-32 【网页安全防护】界面

8.5.7 使用安全百宝箱

打开【金山清理专家】的主界面，单击【安全百宝箱】按钮，然后单击【安全百宝箱】下的【工具集】，打开【工具集】界面，如图 8-33 所示。

图 8-33 【工具集】界面

在【工具集】界面有如下选项：【进程管理器】、【系统修复工具】、【U 盘病毒免疫工具】、【文件粉碎器】、【LSP 修复工具】、【历史痕迹清理】和【垃圾文件清理】。

1）如果要粉碎文件，具体操作步骤如下。

步骤 单击【文件粉碎器】按钮，打开【文件粉碎器】对话框，如图 8-34 所示。

图 8-34 【文件粉碎器】对话框

步骤 单击【添加文件】按钮，打开【打开】对话框，如图 8-35 所示。

图 8-35 【打开】对话框

步骤 选择要粉碎的文件，单击【打开】按钮。

步骤 返回【文件粉碎器】对话框，单击【彻底删除】按钮。

2）如果要清理垃圾文件，具体操作步骤如下。

步骤 单击【垃圾文件清理】按钮，打开【垃圾文件清理】对话框，如图 8-36 所示。

步骤 选中要删除的文件，单击【清除文件】按钮。

3）如果要清理历史痕迹，具体操作步骤如下。

步骤 单击【历史痕迹清理】按钮，打开【历时痕迹清理】对话框，如图 8-37 所示。

步骤 选中要清理的历史痕迹，单击【立即清理】按钮。

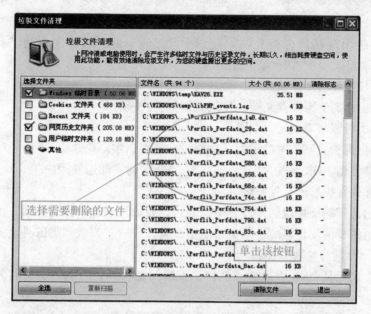

图 8-36 【垃圾文件清理】对话框

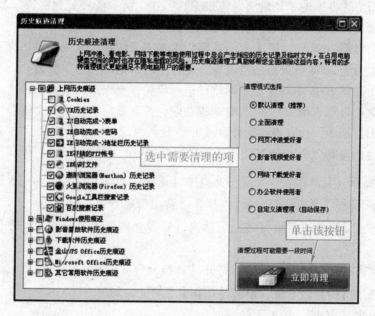

图 8-37 【历史痕迹清理】对话框

8.6 上机练习

1. 使用金山清理专家的"U 盘病毒免疫工具"，启用 C 盘的自动播放功能。

2. 用金山清理专家按默认模式清理其他应用软件的历史痕迹。

3. 在当前的金山毒霸 2008 中，手动查杀"移动存储设备"中的病毒木马。

4. 通过桌面图标运行金山毒霸，使用金山毒霸手动查杀本地磁盘（C:）中的文件夹

Windows。

　　5. 使用"金山毒霸日志查看器"搜索手动杀毒日志，搜索文本为"杀毒"，时间为"2010年7月19日"至"2010年7月21日"。

　　6. 将当前日志导出到默认路径，命名为"20100714"。

　　7. 启用金山毒霸病毒隔离系统，使用大图标方式查看。

　　8. 设置金山毒霸每周三定时杀毒。

　　9. 设置金山毒霸文字实时防毒时，如果发现病毒，主动抢杀。

　　10. 将金山毒霸2008设置为出现高危的恶意行为时主动通知用户。

　　11. 开启邮件保护的所有保护内容。

　　12. 在金山毒霸的反垃圾邮件设置中，开启"仅收到病毒邮件时显示"的选项。

　　13. 在金山毒霸的反垃圾邮件语言过滤中设置，开启"当收到的邮件语言为非系统设置的默认语言时，标记为垃圾邮件"功能。

　　14. 利用金山毒霸2008查杀恶意插件，查看"信任插件"内容，并将其清除，再进行查杀。

　　15. 关闭金山毒霸2008密码保护隐私数据和选项设置，原密码为"1"。

　　16. 在金山清理专家的"U盘病毒免疫工具"中，将"免疫光盘病毒"禁用。

　　17. 使用金山清理专家，以网页的冲浪爱好模式清理历史痕迹。

　　18. 在金山毒霸2008中，进入金山毒霸病毒隔离系统将"人员信息"还原。

　　19. 在金山毒霸2008中进行适当设置，使得手动杀毒时扫描注册表。

　　20. 在金山毒霸2008中对手动杀毒软件进行设置，要求启用精细杀毒模式。

　　21. 设置金山毒霸2008的文件实时防毒功能，使其能够检查所有文件。

　　22. 在金山毒霸中，设置当移动硬盘或U盘插入时取消自动运行。

　　23. 设置金山毒霸2008，使其关闭自动升级功能。

上机操作提示（具体操作详见随书光盘中【手把手教学】第8章1~23题）

　　1. **步骤1** 双击【金山清理专家】，打开【金山清理专家】窗口。

　　步骤2 单击【安全百宝箱】按钮，单击【U盘病毒免疫工具】，打开【U盘病毒免疫工具】对话框。

　　步骤3 单击【高级设置】按钮，打开【高级设置】对话框。

　　步骤4 选中【C:】复选框，单击【启用】按钮。

　　步骤5 单击【退出】按钮。

　　步骤6 单击【关闭】按钮。

　　2. **步骤1** 单击【安全百宝箱】按钮，单击【历史清理痕迹】，打开【历史痕迹清理】对话框。

　　步骤2 单击【立即清理】按钮，打开【历史痕迹清理】对话框。

　　步骤3 单击【确定】按钮。

　　步骤4 单击【关闭】按钮。

　　3. **步骤1** 单击【移动存储设备】，单击【查杀病毒木马】按钮。

　　步骤2 单击【完成】按钮。

4. **步骤 1** 单击【金山毒霸】，双击【金山毒霸】，打开【金山毒霸】窗口。

　　步骤 2 单击【指定路径】，选中【Windows】复选框，单击【查杀病毒木马】按钮。

　　步骤 3 单击【完成】按钮。

5. **步骤 1** 单击【工具】菜单→【日志查看器】命令，打开【金山毒霸日志查看器】窗口。

　　步骤 2 单击【手动杀毒】，单击【搜索】菜单→【搜索日志】命令，打开【搜索】对话框。

　　步骤 3 在【文本】文本框中输入"查毒"，单击【时间】下拉箭头，在弹出的列表中选择【19】，单击【确定】按钮。

6. **步骤 1** 单击【操作】菜单→【导出当前日志】命令，打开【另存为】对话框。

　　步骤 2 在文件名文本框中输入"20100714"，单击【保存】按钮。

　　步骤 3 单击【确定】按钮。

7. **步骤 1** 单击【工具】菜单→【病毒隔离系统】命令，打开【病毒隔离系统】窗口。

　　步骤 2 单击【查看】菜单→【大图标】命令。

8. **步骤 1** 单击【工具】菜单→【综合设置】命令，打开【金山毒霸 – 杀毒设置】窗口。

　　步骤 2 单击【定时杀毒】，选中【每周】单选钮，单击【每周】下拉框，在弹出的列表中选择【周三】。

　　步骤 3 单击【确定】按钮。

9. **步骤 1** 单击【工具】菜单→【综合设置】命令，打开【金山毒霸 – 综合设置】窗口。

　　步骤 2 选中【启用抢杀技术】复选框，单击【确定】按钮。

10. **步骤 1** 单击【工具】菜单→【综合设置】命令，打开【金山毒霸 – 综合设置】窗口。

　　步骤 2 单击【高级防御】，单击【发现高危恶意行为】下拉框，在弹出的列表中选择【询问】。

　　步骤 3 单击【确定】按钮。

11. **步骤 1** 选中【开机自动运行邮件监控】复选框，选中【扫描接收邮件中的垃圾邮件】复选框。

　　步骤 2 单击【确定】按钮。

12. **步骤 1** 单击【工具】菜单→【综合设置】命令，打开【金山毒霸 – 综合设置】窗口。

　　步骤 2 单击【邮件监控】，单击【反垃圾邮件设置】按钮，打开【金山毒霸反垃圾邮件设置】窗口。

　　步骤 3 单击【其他】，选中【仅收到病毒邮件时显示】单选钮，单击【确定】按钮。

　　步骤 4 单击【确定】按钮。

13. **步骤 1** 单击【工具】菜单→【综合设置】命令，打开【金山毒霸 – 综合设置】窗口。

步骤2 单击【邮件监控】，单击【反垃圾邮件设置】按钮，打开【金山毒霸反垃圾邮件设置】窗口。

步骤3 单击【语言过滤】，选中【当收到的邮件语言为非系统设置的默认语言时，标记为垃圾邮件】复选框，单击【确定】按钮。

步骤4 单击【确定】按钮。

14. **步骤1** 单击【工具】菜单→【综合设置】命令，打开【金山毒霸－综合设置】窗口。

步骤2 单击【网页防挂马】，单击【网页防挂马设置】按钮。

步骤3 单击【恶意插件查杀】，单击【信任插件】，选中【PPSstream】复选框，单击【清除选定项】按钮。

步骤4 单击【再次扫描】按钮。

15. **步骤1** 单击【工具】菜单→【综合设置】命令，打开【金山毒霸－综合设置】窗口。

步骤2 单击【隐私保护】，取消选中【采用密码保护隐私数据和选项设置】复选框，单击【确定】按钮，打开【密码校验】对话框。

步骤3 在文本框中输入"1"，单击【确定】按钮。

16. **步骤1** 单击【安全百宝箱】，单击【U盘病毒免疫工具】，打开【U盘病毒免疫工具】对话框。

步骤2 选中【免疫光盘病毒】复选框，单击【禁用选中项】按钮，打开【信息】对话框。

步骤3 单击【是】按钮。

17. **步骤1** 双击【金山清理专家】，打开【金山清理专家】窗口。

步骤2 单击【安全百宝箱】按钮，单击【历史痕迹清理】，打开【历史痕迹清理】窗口。

步骤3 选中【网页冲浪爱好者】单选钮，单击【立即清理】按钮，打开【历史痕迹清理】对话框。

步骤4 单击【确定】按钮。

18. **步骤1** 单击【工具】菜单→【病毒隔离系统】命令，打开【金山毒霸病毒隔离系统】窗口。

步骤2 单击【人员信息.ppt】，单击工具栏中的【还原文件】按钮，打开【金山毒霸隔离区】对话框。

步骤3 单击【确定】按钮。

19. **步骤1** 单击【工具】菜单→【综合设置】命令，打开【金山毒霸－综合设置】窗口。

步骤2 选中【注册表（G）（推荐）】复选框，单击【确定】按钮。

20. **步骤1** 单击【工具】菜单→【综合设置】命令，打开【金山毒霸－综合设置】窗口。

步骤2 单击【高级】按钮，打开【手动杀毒－高级设置】对话框。

步骤 3 选中【启用精细查毒模式（T）（会降低速度）】复选框，单击【确定】按钮。

步骤 4 单击【确定】按钮。

21. **步骤 1** 单击【工具】菜单→【综合设置】命令，打开【金山毒霸 – 综合设置】窗口。

步骤 2 单击【文件实时防毒】，选中【所有文件】单选钮，单击【确定】按钮。

22. **步骤 1** 单击【工具】菜单→【综合设置】命令，打开【综合设置 – 金山毒霸】窗口。

步骤 2 单击【其他设置】，选中【禁止硬盘和 U 盘的自动运行（R）（重启计算机后生效）】复选框。

步骤 3 单击【确定】按钮。

23. **步骤 1** 单击【工具】菜单→【综合设置】命令，打开【金山毒霸 – 综合设置】窗口。

步骤 2 单击【升级设置】，选中【关闭自动升级功能】单选钮，单击【确定】按钮。

第**9**章　防火墙的使用

　　防火墙原意是指阻止火势蔓延的墙壁，后来引申到网络中的意思为阻隔内网和外网的设备或软件。防火墙分为软件防火墙和硬件防火墙，软硬兼用可以更好地保护用户的内网安全。

　　本章详细讲解金山网镖的基本操作、查看防火墙当前状态和网络监控状态、应用程序规则的设置和使用、网络状态、打开程序所在目录及关闭程序，以及综合设置。

9.1　金山网镖的基本操作

9.1.1　启动金山网镖

　　如果计算机中安装了金山网镖2008，我们可以通过以下几种方法启动。

- 双击桌面【金山网镖】图标可以启动金山网镖2008，如图9-1所示。
- 在任务栏中双击图标CX或用鼠标右键单击图标CX，在弹出的快捷菜单中选择【打开金山网镖】命令。
- 单击【开始】按钮→【所有程序】→【金山毒霸2008 杀毒套装】→【金山网镖】命令。

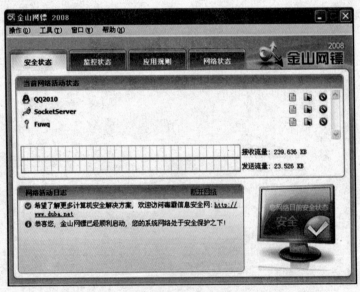

图9-1　【金山网镖2008】界面

9.1.2 设置开机时自动运行与断开网络

1）通常情况下，计算机安装了金山毒霸2008后，开机时会自动运行金山网镖，但是如果不能自动运行，这时就需要我们自行设置。

如果要设置开机时自动运行，具体操作方法如下。

方法1

步骤1 打开【金山网镖2008】主界面，如图9-1所示。

步骤2 单击【工具】菜单→【综合设置】命令，在打开的【金山网镖2008】窗口中选择【常规】选项。

步骤3 选中【开机自动运行金山网镖】复选框，如图9-2所示。

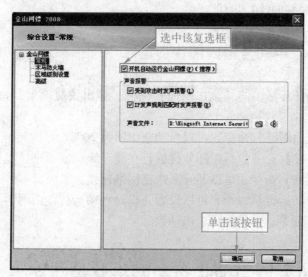

图9-2 利用【常规】选项设置

步骤4 单击【确定】按钮。

方法2 用鼠标右键单击任务栏金山网镖图标，在弹出的快捷菜单中选择【开机自动运行】命令，如图9-3所示。

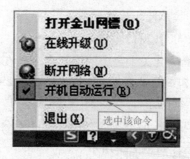

图9-3 利用快捷菜单设置

方法3

步骤1 打开【金山网镖2008】主界面，如图9-1所示。

步骤2 单击【操作】菜单→【开机自动运行】命令，如图9-4所示。

图9-4　利用【操作】菜单启动

2）如果计算机受到病毒、木马攻击，我们可以通过金山网镖2008立即断开网络，具体操作步骤如下。

步骤1 打开【金山网镖2008】界面。

步骤2 单击【断开网络】按钮。

9.1.3　任务栏中的金山网镖快捷菜单

用鼠标右键单击任务栏中的【金山网镖】图标，弹出快捷菜单，如图9-3所示，各个选项功能如下。

- 选择【打开金山网镖】命令，可以启动金山网镖2008。
- 选择【在线升级】命令，可以随软件进行在线升级。
- 选择【断开网络】命令，可以断开和恢复网络连接。
- 选择【开机自动运行】命令，可以设置开机时自动运行金山网镖2008。
- 选择【退出】命令，可以退出金山网镖。

9.2　查看防火墙当前状态和网络监控状态

9.2.1　查看防火墙当前状态

1）如果要查看组件信息，具体操作步骤如下。

步骤1 打开【金山网镖2008】窗口主界面。

步骤2 单击【帮助】菜单→【关于金山网镖】命令，在打开的窗口中可以查看金山网镖的版本、许可协议等信息，如图9-5所示。

2）如果要查看当前网络活动状态，具体操作步骤如下。

步骤1 打开【金山网镖2008】的主界面并切换到【安全状态】界面。

步骤2 单击右侧的小图标，如图9-1所示。

- 跳转到详细信息 ![icon]：可以直接跳转到网络状态。
- 打开程序所在文件夹 ![icon]：可以了解该程序所在的文件夹。
- 关闭程序 ![icon]：可以结束某一个程序。

图 9-5 查看【金山网镖 2008】当前信息

3）如果要查看网络活动日志，具体操作步骤如下。

步骤 1 打开【金山网镖 2008】的主界面并切换到【安全状态】界面。

步骤 2 在【网络活动日志】区域内，如果单击【断开网络】可以断开网络与计算机的连接，如果单击【恢复网络】可以恢复计算机与网络的连接。

9.2.2 查看网络监控状态

1）设置安全级别，具体操作步骤如下。

步骤 1 打开【金山网镖 2008】的主界面并切换到【监控状态】界面，如图 9-6 所示。

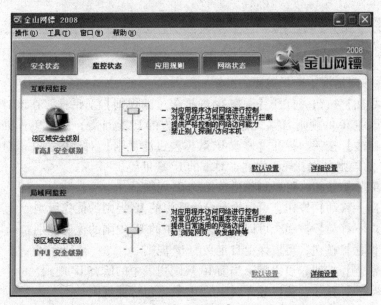

图 9-6 【监控状态】界面

步骤2 在【互联网监控】区域内选择安全级别。

- 『高』安全级别：对应用程序访问网络进行控制；拦截常见的木马和黑客；提供严格控制的网络访问能力；禁止别人探测/访问本机。

- 『中』安全级别：对应用程序访问网络进行控制；拦截常见的木马和黑客；提供用户日常适用的网络访问权限，如浏览网页、收发邮件等。

- 『低』安全级别：对应用程序访问网络进行控制；拦截常见的木马和黑客；提供宽松自由的网络访问权限。

2）自定义 IP 规则的设置，具体操作步骤如下。

步骤1 打开【金山网镖2008】的主界面并切换到【监控状态】界面，如图9-6所示。

步骤2 单击【详细信息】按钮，打开【自定义 IP 规则编辑器】对话框，如图9-7所示。

图9-7 【自定义 IP 规则编辑器】对话框

步骤3 在该对话框中选择需要的操作。

- 单击【添加】按钮，打开【添加 IP 数据包过滤规则】对话框，在该对话框中，可以设置新添加 IP 的规则名称、规则描述、对方的 IP 地址等，如图9-8所示。

- 单击【修改】按钮，打开【修改 IP 数据包过滤规则】对话框，在该对话框中，可以修改 IP 的规则名称、规则描述、对方的 IP 地址等。

- 单击【删除】按钮，可以删除已定义的 IP 规则。

- 单击【向上移动】按钮，可以提高已经选中的 IP 规则的优先级别。

- 单击【向下移动】按钮，可以降低已经选中的 IP 规则的优先级别。

- 单击【保存】按钮，可以保存自定义的 IP 规则。

- 单击【清空】按钮，可以删除当前 IP 规则列表中的所有 IP 规则。

- 单击【导入】按钮，可以导入对应的 IP 数据包过滤规则。

- 单击【导出】按钮，可以导出当前的 IP 规则列表。

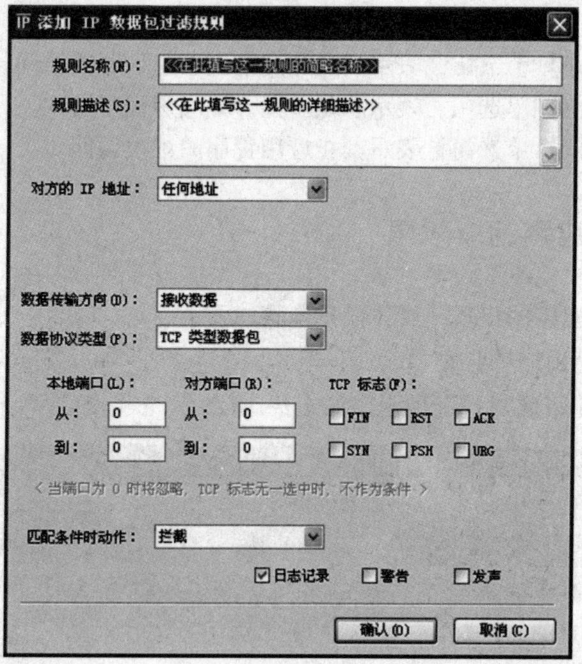

IP 添加 IP 数据包过滤规则 ✕

规则名称(N)：〈在摸与这一规则的简略名称〉

规则描述(S)：〈在此填写这一规则的详细描述〉

对方的 IP 地址：任何地址 ▼

数据传输方向(D)：接收数据 ▼

数据协议类型(P)：TCP 类型数据包 ▼

本地端口(L)：　对方端口(R)：　TCP 标志(F)：

从：0　从：0　☐FIN　☐RST　☐ACK

到：0　到：0　☐SYN　☐PSH　☐URG

〈当端口为 0 时将忽略，TCP 标志无一选中时，不作为条件〉

匹配条件时动作：拦截 ▼

☑日志记录　☐警告　☐发声

确认(O)　取消(C)

图 9-8　【添加 IP 数据包过滤规则】对话框

9.3　应用程序规则的设置和使用

9.3.1　新运行程序的访问

如果启动了【金山网镖 2008】，计算机中的应用程序对网络进行访问时，就会弹出一个询问窗口，如图 9-9 所示。

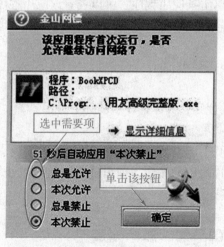

图 9-9　询问窗口

- 选中【总是允许】单选钮，表示总是允许该应用程序访问。
- 选中【本次允许】单选钮，表示只是允许本次应用程序的访问。
- 选中【总是禁止】单选钮，表示总是不允许该应用程序访问。
- 选中【本次禁止】单选钮，表示禁止应用程序的本次访问。

9.3.2 查看应用程序权限

如果要查看应用程序的权限，具体操作步骤如下。

步骤 1 打开【金山网镖】窗口。

步骤 2 单击【应用规则】选项卡，如图9-10所示。

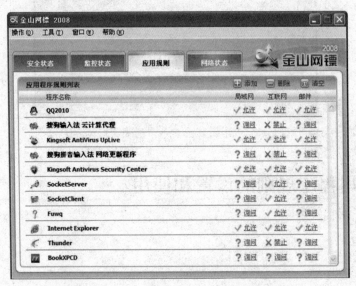

图9-10 【应用规则】选项卡

步骤 3 在窗口列表中单击某应用程序，可以查看该应用程序的名称、版本、运行时间、程序的大小和安装的路径等信息。

9.3.3 更改应用程序规则

如果要更改应用程序的规则，具体操作步骤如下。

步骤 1 打开【金山网镖】窗口。

步骤 2 单击【应用规则】选项卡，如图9-10所示。

步骤 3 单击某应用程序右侧的按钮，弹出【允许】、【禁止】、【询问】选项。

步骤 4 根据需要选择操作。

9.3.4 规则列表的添加、删除与清空

1）规则列表的添加，具体操作步骤如下。

步骤 1 打开【金山网镖】窗口。

步骤 2 单击【应用规则】选项卡，如图9-10所示。

步骤 3 单击【添加】按钮，弹出【添加应用程序权限】对话框，如图9-11所示。

图9-11 【添加应用程序权限】对话框

步骤 4 在对话框中选择需要添加权限规则的程序。

步骤 5 单击【打开】按钮。

2）规则列表的删除，具体操作步骤如下。

步骤 1 打开【金山网镖】窗口。

步骤 2 单击【应用规则】选项卡，如图9-10所示。

步骤 3 单击【删除】按钮，弹出询问对话框，如图9-12所示。

图9-12 "询问"对话框

（步骤4） 单击【确定】按钮。

3）清空规则列表，具体操作步骤如下。

（步骤1） 打开【金山网镖】窗口。

（步骤2） 单击【应用规则】选项卡，如图9-10所示。

（步骤3） 单击【清空】按钮，弹出询问对话框。

（步骤4） 单击【确定】按钮。

9.4 网络状态、打开程序所在目录及关闭程序

9.4.1 查看当前网络状态

如果要查看当前网络状态，具体操作步骤如下。

（步骤1） 打开【金山网镖2008】主界面。

（步骤2） 单击【网络状态】选项卡，然后单击某个程序前的展开按钮，如图9-13所示。

图9-13 【网络状态】选项

（步骤3） 在展开的区域中，可以查看应用程序的安装路径、名称、使用 TCP 端口以及 UDP 端口。

9.4.2 打开程序所在目录和结束程序

打开程序所在的目录和关闭程序，具体操作步骤如下。

步骤 1 打开【金山网镖2008】主界面。

步骤 2 单击【网络状态】选项卡，选择需要的操作。

● 选中要查看的应用程序，单击【打开程序所在目录】按钮，可以查看该程序所在目录窗口。

● 选中要关闭的应用程序，单击【关闭】程序按钮，结束该程序运行。

9.5 综合设置

9.5.1 常规设置与木马防火墙设置

1）常规设置，具体操作步骤如下。

步骤 1 打开【金山网镖2008】的主界面。

步骤 2 单击【工具】菜单→【综合设置】命令，打开【综合设置－常规】对话框，如图9-14所示。

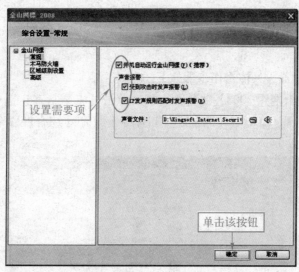

图9-14 【综合设置－常规】对话框

步骤 3 在该对话框中进行需要的设置。

● 选中【开机自动运行金山网镖】复选框，可以设置开机时自动运行金山网镖。

● 选中【声音报警】区域下的【受到攻击时发声报警】复选框和【IP发声规则匹配时发声报警】复选框，可以在网络发生异常时，将使用设置的声音文件发出报警。

步骤 4 单击【确定】按钮。

2）木马防火墙的设置，具体操作步骤如下。

步骤 1 打开【金山网镖2008】的主界面。

步骤 2 单击【工具】菜单→【综合设置】命令，打开【综合设置－木马防火墙】对话框，如图9-15所示。

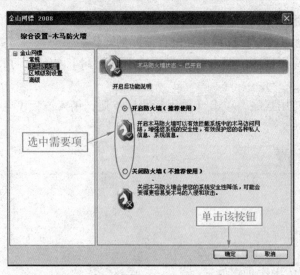

图 9-15　【综合设置-木马防火墙】对话框

步骤 3　选中【开启防火墙】或【关闭防火墙】单选钮。

步骤 4　单击【确定】按钮。

9.5.2　自定义安全级别设置

自定义安全级别设置，具体操作步骤如下。

步骤 1　打开【金山网镖2008】主界面，然后单击【安全状态】选项卡。

步骤 2　单击【工具】菜单→【综合设置】命令，打开【综合设置-区域级别设置】对话框，如图9-16所示。

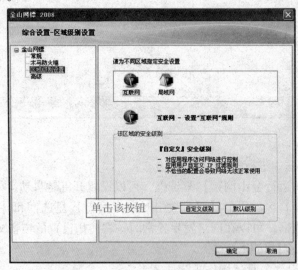

图 9-16　【综合设置-区域级别设置】对话框

步骤 3　单击【自定义级别】按钮，打开【自定义 IP 规则编辑器】对话框，如图9-17所示。

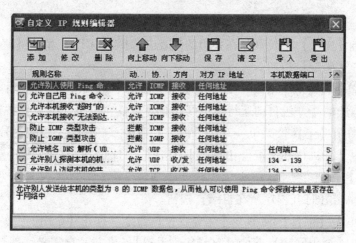

图 9-17 【自定义 IP 规则编辑器】对话框

步骤 4 在该对话框中进行自定义设置。

9.6 上机练习

1. 将 Fireworks 添加到金山网镖的应用程序规则列表中。
2. 关闭金山网镖中的木马防火墙。
3. 在金山网镖中，修改端口的过滤规则，要求将协议更改为 TCP 协议，其他设置不变。
4. 金山网镖中进行适当设置，使得开机时不自动运行网镖。
5. 在金山网镖中通过综合设置开机时自动运行金山网镖和受到攻击时发声警报。
6. 在金山网镖安全状态下，查看"LSA Shell"所在的目录信息。
7. 在金山网镖中打开"自定义 IP 规则编辑器"。
8. 在金山网镖安全状态下，关闭"iSpirit-OA 精灵"程序。
9. 在金山网镖中，禁用 TCP/UDP 端口。
10. 在金山网镖中，将互联网中的"允许别人使用 Ping 命令探测本机"的 IP 规则中的"对方的 IP 地址"设置为"指定的 IP 地址"，单一地址定义为"10.10.10.10"。
11. 在金山网镖中添加一个端口为 3080，协议为 TCP，类型为远程，操作为禁止。

上机操作提示（具体操作详见随书光盘中【手把手教学】第 9 章 1~11 题）

1. **步骤 1** 双击【金山网镖】，打开【金山网镖】窗口。

   步骤 2 单击【应用规则】，单击【添加】按钮，打开【添加应用程序权限】。

   步骤 3 单击【Fireworks】，单击【打开】按钮。

2. **步骤 1** 单击【工具】菜单→【综合设置】命令，打开【金山网镖】对话框。

   步骤 2 单击【木马防火墙】，选中【关闭防火墙（不推荐使用）】单选钮，单击【确定】按钮。

3. **步骤 1** 单击【工具】菜单→【综合设置】命令，打开【金山网镖】对话框。

   步骤 2 单击【高级】，单击第一个端口过滤规则，单击【编辑】按钮，打开【端口】

对话框。

步骤3 单击【协议】下拉框，在弹出的列表中选择【TCP】，单击【确定】按钮。

步骤4 单击【确定】按钮。

4. **步骤1** 单击【工具】菜单→【综合设置】命令，打开【金山网镖】窗口。

步骤2 取消选中【开机自动运行金山网镖】复选框，单击【确定】按钮。

5. **步骤1** 单击【工具】菜单→【综合设置】命令，打开【金山网镖】窗口。

步骤2 选中【开机自动运行金山网镖】复选框，选中【受到攻击时发声警报】复选框，单击【确定】按钮。

6. **步骤1** 单击【打开程序所在目录】按钮。

7. **步骤1** 单击【工具】菜单→【综合设置】命令，打开【金山网镖】窗口。

步骤2 单击【金山网镖】下的【区域级别设置】，单击【自定义级别】按钮。

8. **步骤1** 单击【当前网络活动状态】列表中的"iSpirit – OA 精灵"，单击【iSpirit – OA 精灵】的【关闭程序】按钮，打开【确认】对话框。

步骤2 单击【确定】按钮。

9. **步骤1** 单击【工具】菜单→【综合设置】命令，打开【金山网镖】窗口。

步骤2 单击【高级】，取消选中【启用 TCP/UDP 端口过滤】复选框，单击【确定】按钮。

10. **步骤1** 单击【工具】菜单→【综合设置】命令，打开【综合设置】窗口。

步骤2 单击【区域级别设置】，单击【自定义级别】按钮，打开【自定义 IP 规则编辑器】窗口。

步骤3 单击工具栏中的【修改】按钮，打开【修改 IP 数据包过滤规则】对话框。

步骤4 单击【对方的 IP 地址:】下拉框，在弹出的下拉列表中选择【指定的 IP 地址】，修改【单一地址】为【10.10.10.10】，单击【确认】按钮。

步骤5 单击工具栏中的【保存】按钮。

步骤6 单击【自定义 IP 规则编辑器】标题栏中的【关闭】按钮。

11. **步骤1** 单击【工具】菜单→【综合设置】命令，打开【综合设置 – 常规】窗口。

步骤2 单击【高级】，单击【添加】按钮，打开【端口】对话框。

步骤3 设置【端口】文本框中的内容为【3080】，单击【类型】下拉框，在弹出的列表中选择【远程】，单击【操作】下拉框，在弹出的列表中选择【禁止】。

步骤4 依次单击【确定】按钮。